Ein Mann

sein Zeichen. Eine Romanze

WC Morgen

Writat

Diese Ausgabe erschien im Jahr 2023

ISBN: 9789359255545

Herausgegeben von
Writat
E-Mail: info@writat.com

Inhalt

KAPITEL EINS

Eines Vormittags, im Winter der großen Stürme, die über die Pazifikstaaten fegten, stand Adrian Wilder, ein großer, schlanker, dunkler junger Mann, vor seiner Steinhütte auf einem Hügel des Mt. Shasta und beobachtete die Versammlung des Elementars Furien, die ihre grausame Arbeit in den Bergen verrichten. Anhand aller Zeichen, die er kannte, wusste er, dass gewaltiges Chaos angerichtet werden würde; Aber weder er noch die ältesten Bewohner dieser Wildnis ahnten, dass dies der Beginn des denkwürdigsten Schreckenswinters sein würde, den die weißen Männer in der Geschichte dieser Region je erlebt haben.

Ein starkes Gefühl von Sicherheit und Trost erfüllte ihn, als er sich von dem zunehmenden Tumult um ihn herum abwandte und den Widerstand seiner Hütte studierte. Mit Dr. Malbones Hilfe hatte er es vom Fundament bis zum Dach gebaut und dabei die fast perfekt geformten Blöcke aus dem Schutt der hohen, senkrechten Basaltklippe verwendet, an deren Fuß er in diesem Sommer sein Nest gebaut hatte. Mit feinem Urteilsvermögen hatte er die Steine aus dem großen Haufen ausgewählt, der sich weit von einem Ende des Felsvorsprungs erstreckte, auf dem er gebaut hatte; Mit Lehm hatte er die Steine zusammengesetzt, um Boden, Wände, gewölbtes Dach und Schornstein zu formen. Mit Brettern und einem Fensterflügel, den er von der Straße im Kanon den Berg hinaufgetragen hatte, hatte er ein Fenster und Türen geformt. Auf dem gleichen Weg – denn das Regal war für einen Wagen nicht zugänglich – hatte er Möbel, Bücher, Proviant und Treibstoff mitgebracht.

Die Hütte war stabil und komfortabel.

Sollte der Schnee sehr tief fallen, konnte er ihn problemlos den steilen Hang der Kanone hinunterschaufeln. Sollte eine Lawine kommen, – das ließ ihn zusammenzucken. Dennoch hatte er diesbezüglich Berechnungen angestellt. Durch die Wölbung des Daches seiner Hütte hatte er ihr große Festigkeit verliehen. Besser noch: Sollte eine Lawine über den Rand der Klippe stürzen, muss sie zunächst große Geschwindigkeit und Schwung gewinnen. Von der Spitze der Klippe erstreckte sich ein beträchtlicher, nahezu ebener Raum bergwärts; Eine Lawine, die von den höheren Ausläufern des riesigen Berges herabsteigt, würde wahrscheinlich auf diesem ebenen Gelände zum Stillstand kommen; Sollte es aber so groß und schnell sein, dass es darüber hinwegfliegt, wird es durch seine Wucht wahrscheinlich sicher über seine Hütte getragen, so wie das Wasser eines schnell fließenden Baches, der über einen Felsvorsprung stürzt, einen trockenen Raum zwischen sich und der Mauer hinterlässt.

Aber warum sollte man an die Lawine denken, mit ihrem zermalmenden, begrabenden Schnee und, was noch schlimmer ist, ihren gewaltigen Lawinen, die jedes von Menschen geschaffene Bauwerk zerstören könnten? Es wäre besser, an den Komfort und die Sicherheit der Hütte zu denken und der angenehmen Musik des kleinen Baches am Fuße der Klippe zu lauschen.

Noch besser war es, den bevorstehenden Ansturm der Elemente zu beobachten; die wunderbare Kohärenz des Plans zu bemerken, mit dem ihre Zerstörung herbeigeführt werden sollte; um zu beobachten, wie die großartigen Kräfte in intelligenter Harmonie zusammenarbeiteten, um ein bösartiges Design zu formen. Für einen Mann mit Wilders feinem Gespür schien jede Wut, die in dem zunehmenden Tumult entfesselt wurde, von einer übermenschlichen Bösartigkeit in der Zielstrebigkeit und der Fähigkeit zur Ausführung erfüllt zu sein. Der wütende Wind, der die weit unter ihm liegende Kanone herabtrieb, war der Atem der herannahenden Schar Sturmdämonen. Die riesigen Bäume an den Hängen des Kanons schienen sich gegen den drohenden Angriff zu wappnen. Hinter dem Wind, der den ganzen Himmel mit einer grauen Decke füllte, die sich bis zur Quelle des Windes verdunkelte, befand sich die stille, heimliche Schneewolke, die darauf wartete, ihr zu folgen, die Verwüstung des Windes zu begraben und die Zerstörung, die der Wind verursacht hatte, zu beenden würde beginnen.

Beim Betrachten dieses großartigen Schauspiels wandten sich die Gedanken des jungen Mannes den Gefahren zu, die der Sturm den Bergbewohnern drohte, von denen die meisten im Holzhandel beschäftigt waren. Würde einer von ihnen von seiner Heimat abgeschnitten werden? Die zunehmende Gewalt des Windes deutete darauf hin, dass alle Straßen wegen umgestürzter Bäume gesperrt waren. Würde das für irgendjemanden ernsthafte Belastungen mit sich bringen? Im vergangenen Sommer hatten die Umgebung und die Flanken des Mt. Shasta vom Leben und der Fröhlichkeit Hunderter von Gesundheits- und Vergnügenssuchenden gestrahlt – die Reichen drängten sich in ein paar modischen Ferienorten, die Ärmeren waren zu einem engeren Kontakt mit der Natur gezwungen der Geist des riesigen weißen Berges; Aber jetzt waren sie verschwunden und die herrliche Wildnis wurde den wilden Elementen des Winters überlassen. Hatte jemand seine Abreise verzögert und befand sich in diesem Moment im Schleppnetz des Sturms?

Vor allem war da Wilders einziger enger Freund in den Bergen, Dr. Malbone , der wie Wilder den Trubel des Stadtlebens hinter sich gelassen hatte, um sich in diesen wilden Festungen zu vergraben. Sie kannten sich schon vor Jahren in San Francisco. Fünf Jahre lang hatten die verstreuten Menschen in den Bergen die Dienste dieses geschickten Arztes in Anspruch genommen und hatten gelernt, ihm auf die rührende Weise zu vertrauen und ihn zu ehren, wie einfache Naturen einer gebieterischen Seele vertrauen und sie ehren. Es war Dr. Malbone , der so klug beim Bau der Steinhütte am Fuße der Klippe geholfen hatte. Er war es, der dem jüngeren Mann das Prinzip des Bogens erklärt hatte und ihm gezeigt hatte, wie man die Stützen des wachsenden Bogens biegen und platzieren musste, bis die Schlusssteine angebracht waren. Er war es, der die Geheimnisse und die Verwendung von Bändern erklärt hatte und Strebepfeiler. Was würde Dr. Malbone im Sturm tun? Welchen Risiken würde er ausgesetzt sein, welchen Strapazen würde er ausgesetzt sein, wenn er seine Patienten besuchte? Nur wenige Meilen trennten diese beiden Freunde, aber bei einem solchen Sturm, der immer weiter voranzog, könnten diese wenigen auch Tausende sein.

Weit oben am Kanon hörte Wilder den ersten heftigen Aufprall des Sturms, denn das heftige Krachen eines umstürzenden Baumes übertönte das Brausen des Windes. Indem er vorsichtig bis zum äußersten Ende einer Spitze ging, die über den Felsvorsprung seiner Hütte hinausragte, war er es gewohnt, die schneebedeckten Kuppeln des Mt. Shasta zu sehen. Er wusste, dass der Sturm, der über den Kanon fegte, nur ein schwaches Echo des gewaltigeren Tumults über den großen Vater des Nordens war. In der Hoffnung, etwas von dieser größeren Schlacht zu sehen, machte er sich nun auf den Weg zum äußersten Punkt, da der Wind seinen Halt unsicher machte; In dieser Richtung waren jedoch nur breite Schieferwolken zu sehen, die das tiefe Grollen des Hurrikans übertrugen, der über den höheren Hängen des Mt. Shasta tobte.

Als der junge Mann am äußersten Ende der Spitze stand und seinen Blick auf die tiefe Kanone unter ihm richtete, erblickte er etwas, das ihn beunruhigte. Am Grund des Kanons dampfte und schäumte der Sacramento River, hier ein turbulenter Gebirgsbach und jetzt ein tosender Strom der früheren Regenfälle der Saison, während er mit dem Wind den Kanon hinabraste und sich auf den Weg zu seiner Ruhe machte reicht bis in die Ebenen Kaliforniens. Die krumme Straße, die oberhalb des Hochwasserspiegels des Flusses in den Hang eingeschnitten war, war nicht die Hauptstraße, die nach Norden und Süden durch die Berge führte; es diente nur den Bedürfnissen eines kleinen lokalen Verkehrs. Wilder verspürte sowohl Überraschung als auch Besorgnis, als er einen leichten Wagen beobachtete, der mit rasender Geschwindigkeit die Straße entlangfuhr und vor dem Sturm flog. Der Vorfall wäre ernst genug gewesen, wenn der Wagen, die beiden Pferde und der Mann und die Frau im Wagen zu den Bergen gehört hätten. Die Pferde waren von gutem Blut, ungenutzt und für die besorgniserregende Situation, in der sie sich jetzt befanden, ungeeignet; Der Wagen war im Winter zu elegant und zu zerbrechlich für die Berge; und selbst in der Entfernung, die seine Bewohner von Wilder trennte, konnte er sehen, dass sie von einem Schrecken erfüllt waren, wie ihn die Bergsteiger nie kannten. Der Mann fuhr. Anstatt vorsichtig vorzugehen und die Pferde perfekt unter Kontrolle zu halten, peitschte er sie mit der Peitsche. Ein Mann, der an die Berge gewöhnt war, hätte sich dieser Torheit niemals schuldig gemacht.

Es war klar, dass sie entlang der Kanone auf die noch einige Meilen entfernte Hauptstraße zusteuerten, auf der sie ein wenig weiter zu einem Bahnhof an der Eisenbahn gelangen würden. Gepäckstücke am hinteren Ende des Wagens deuteten darauf hin, dass die Reisenden den Sommer oder Herbst in den abgelegenen Bergen verbracht hatten, wo einige wunderschöne Seen Naturliebhabern besondere Reize boten. Offensichtlich hatte sich ihre Abreise verzögert, bis der herannahende Sturm sie eilig davontrieb und hier im Kanon eingeholt wurde.

Das Tosen des Windes, die Wogen des reißenden Flusses und, am schlimmsten, die Bäume, die jetzt umstürzten, hätten selbst den ruhigsten Kopf, der nicht auf die winterliche Wildheit der Wildnis vorbereitet war, verwirren können. Ein einzelner Baum auf der anderen Straßenseite hätte eine Katastrophe bedeuten können. Abgesehen von der kleinen Steinhütte von Adrian Wilder, die absichtlich so aufgestellt war, dass sie möglichst isoliert war und von der Straße aus unsichtbar war, gab es im Umkreis von Meilen um den Ort keinen Unterschlupf.

Plötzlich kam die Katastrophe. Der Mann, der offenbar direkt vor sich einen Baum sah, der zu Fall drohte, schrie den Pferden zu und setzte die Peitsche noch energischer an, um vorbeizukommen, bevor der Baum fallen würde. Die Pferde, völlig außer sich vor Schrecken, bäumten sich auf und stürzten dann vorwärts; aber ein Moment war verloren gegangen. Die Pferde und der Wagen kamen gerade noch rechtzeitig unter dem umstürzenden Baum hindurch, um zerquetscht und darunter begraben zu werden. Der Donner des Herbstes hallte über dem Brausen des Windes und dem Krachen weiter entfernter fallender Bäume wider. Nach Wilders Ansicht blieb nichts von den vier Lebewesen übrig, die durch die Falle hindurchgegangen waren; Sie waren so vollständig ausgelöscht worden, als hätten sie nie einen Platz in der großen, schmerzenden Welt eingenommen.

KAPITEL ZWEI

Für einen Moment blickte der junge Mann in der dummen Hoffnung, dass das Unmögliche passieren würde – dass Pferde, Wagen, Mann und Frau auftauchen und ihren rasanten Flug den Kanon hinunter fortsetzen würden. Dann, als all dieses Leben und diese Aktivität so völlig und plötzlich aufgehört hatten, fragte er sich, ob die alte Angst, die ihn in die Einsamkeit der Berge getrieben hatte, jetzt eine abnormale Fantasie austrickste und aus dem Sturm Phantome webte, um ihn einen Moment lang zu quälen atemlose Angst und unterdrücken sich dann in der Vorstellung eines tragischen Todes. Er erinnerte sich an die Warnungen von Dr. Malbone : Er müsse seinen Geist vor der Vergangenheit verschließen, in der Gegenwart nur das Licht finden, mit dem die Welt erfüllt sei, und eine vernünftige und nützliche Zukunft anstreben.

Das alles nahm nur einen Moment in Anspruch. Plötzlich wurde ihm die schreckliche Realität der Tragödie klar, die sich so logisch vor ihm abgespielt hatte. Die Menschheit weinte laut in ihm. Er sprang zu seiner Hütte, schnappte sich eine Axt und stürzte den Abhang des Schutts hinunter, ohne auf den groben, aber sichereren Pfad zu achten, den er von der Straße zu seiner Hütte hinterlassen hatte. Er rutschte aus, stürzte, sammelte sich, fiel erneut, kam aber seinem Ziel schnell näher.

Er hielt inne, als er den am Boden liegenden Baum erreicht hatte. Als er durch die Zweige spähte, entdeckte er einen zerdrückten, stillen Haufen. Er schob seinen Kopf und seine Schultern hinein und rief. Es gab keine Antwort.

Er befand sich am Heck des Wagens und sah bald, dass er zu einer unbestimmten Masse aus Holz und Eisen zerquetscht worden war. Indem er die nachgiebigeren Zweige auseinanderschob, brachte er das nach oben gerichtete Gesicht des Mannes zum Vorschein, dessen Augen, im Tod fixiert, schrecklich aus einem Kopf starrten, der durch das Zusammendrücken der Zweige seltsam und grotesk ungeformt war. Der junge Mann zog sich zurück. Er schnappte nach Luft; er rief seine Selbstbeherrschung dazu auf, ihn in dieser anstrengenden Zeit zu tragen. Er attackierte die Äste mit seiner Axt und räumte sie weg. Er wunderte sich halb darüber, dass die Augen der Toten offen blieben, während sie sich mit Partikeln der von der Axt zerrissenen Rinde füllten. Jetzt war die Leiche in Reichweite. Mit unsagbarem Abscheu legte der junge Mann seine Hand auf die Brust des Fremden. Es gab kein Lebenszeichen. Tatsächlich wunderte er sich, dass er sich die Mühe gemacht hatte, herauszufinden, was er bereits wusste.

Während dieser ganzen Zeit hatten die Angst und der Schrecken des jungen Mannes, verstärkt durch das Gefühl völliger Einsamkeit in der Gegenwart der Toten, die Frau aus seinen Gedanken vertrieben. Er hatte noch nicht die geringste Spur von ihr gesehen. Hatte er die Kraft, eine Frau zu sehen, die so verstümmelt war, wie er den Mann gefunden hatte? Dennoch sollten sie eine anständige Beerdigung erhalten; das war seine Pflicht als Mann. Darüber hinaus war es notwendig, ihre Identität festzustellen, damit ihre Freunde informiert werden konnten.

Da war noch etwas anderes. Weit hinten in den Bergen, dieser wilderen Wildnis des Trinity-Gebirges, und im Siskiyou-Gebirge, dahinter, gab es riesige graue Wölfe, wild und furchterregend. Hin und wieder war ein mutiger Jäger mit der Haut eines großen grauen Wolfes aus diesen Bergen gekommen. In den Bergen gab es alte Geschichten, dass die grauen Wölfe, als der Schnee lange und tief gelegen hatte, in die zahmeren, von Menschen bewohnten Gebiete hinabstiegen, getrieben vom Hunger, denn das Wild, von dem sie sich ernährten, war vor dem Schnee geflohen Kräuter finden. Die ersten, die herauskamen, waren Rehe gewesen; Bald nach ihnen kamen die Wölfe. Als die Hirsche vor den Gewehren der Siedler fielen, wurden die Wölfe zu Raubzügen an Rindern und Pferden getrieben. Es gab auch hässliche Geschichten über Männer, die von ihnen angegriffen wurden. Aus all dem entstand die Legende einer Wölfin, die ihrem Wolfsrudel Kinder entführte.

Nach dem Wind, der jetzt in den Bergen tobte, würde der Schnee kommen, still, tief und unerbittlich, um das Werk des umgestürzten Baumes unter der Hütte zu verbergen; Aber würde es alles so gut verbergen, dass die großen grauen Wölfe, wenn sie vom Hunger aus den entlegenen Bergen vertrieben würden, nicht finden würden, was der Hunger von ihnen verlangt?

Wilder griff den Baum erneut mit seiner Axt an, ein anderer lag tot dort und musste gefunden werden; und es lag eine schwere und schreckliche Arbeit vor uns, bevor der Wind aufhörte und der Schnee zu fallen begann. Zuerst nahm der junge Mann seinen Angriff mit der wütenden Energie wieder auf, die bisher seine Bemühungen unterstützt hatte; aber Weisheit und Vorsicht kamen ihm jetzt zu Hilfe. Er erkannte seine geistige, seelische und körperliche Schwäche. Er hatte Wochen voller mühsamer Arbeit in den Bau seiner Hütte investiert, und das hatte seinen Muskeln eine gewisse Kraft und seiner Seele Schwung verliehen. Dennoch war er kaum mehr als ein Schatten seines alten Selbst, bevor sein Leben vor einem Jahr zerstört worden war und er in die Berge gekommen war, um einen harten Kampf für die Selbstbeherrschung zu führen, für die Regeneration aller Reste von Männlichkeit die in ihm zurückgelassen wurden, und für deren Flicken und Binden zu einem Stoff, der seinen Platz in den Reihen der Menschen einnehmen und das Schicksal eines Menschen bestimmen sollte.

Er ging seiner Aufgabe mit größerer Bedachtheit nach. Er zwang sich, das verzerrte Gesicht des Toten, das ihm zugewandt war, ruhig zu betrachten. Er arbeitete mit jener Langsamkeit, die zu größerer Eile beim Erreichen führt. Dies führte zu einem sichereren Urteil und einer Einsparung von Aufwand und Zeit. Er schnitt die Zweige einen nach dem anderen ab und schleppte sie weg.

Bald erschien die Gestalt der Frau. Im äußersten Moment der Katastrophe war sie offensichtlich nach vorne gesprungen; Dies hatte ihren Körper mit dem Gesicht nach unten zwischen die Pferde gebracht; Sie hatten ihr, indem sie unter dem Stamm des Baumes zerquetscht und über sie gefallen waren, dennoch einen gewissen Schutz gewährt; Der Rüssel hatte, als er den Pferden den Rücken brach, ihren Kopf verfehlt. Im Übrigen war sie so eng zwischen den Pferden eingeklemmt, dass es schwierig sein würde, sie zu befreien.

Dies gelang jedoch schließlich nach großer Mühe. Das Gesicht und die Kleidung der Frau waren blutverschmiert. Sie sah so viel schlimmer aus als der Mann, dass Wilder erneut darum kämpfen musste, Mut und Kraft für diese Aufgabe zu finden. Er zerrte sie an eine freie Stelle auf der Straße und nahm die gleiche oberflächliche Untersuchung vor wie bei dem Mann. Während er das tat, bewegte sich die Frau und schnappte nach Luft, und dieses unerwartete Lebenszeichen war der größte Schock der Tragödie.

Aber es war einer dieser Schocks, die neues Leben und Kraft bringen. Während er vorher, ohne es zu wagen, sich der schrecklichen Pflicht, die er den Toten schuldete, gestellt hatte, war hier jetzt das Kostbarste, was die Welt ihm damals hätte bieten können – hier war Leben, menschliches Leben, flüchtig vielleicht, aber unendlich kostbar.

Wilder kniete neben der bewusstlosen Frau und lockerte mit eifrigen Händen ihre Kleidung. Er rannte zum Fluss, tauchte sein Taschentuch ins Wasser, badete ihr Gesicht und entfernte etwas von dem Blut, das es bedeckte. Er rieb ihre Hände und Handgelenke und wartete gespannt auf die kleinste Veränderung. Dies geschah schnell und schritt stetig voran. Nachdem sie dem erdrückenden Druck der Pferde entkommen war, fand ihre Brust ihre natürliche Ausdehnung wieder und der Rhythmus tiefen, langsamen Atmens etablierte sich. Wilder hatte von Dr. Malbone zahlreiche grundlegende Dinge gelernt ; Er sah, dass das Leben in ihr noch stark war, obwohl die Leidende so schwer verletzt war, dass sie bewusstlos war.

Zeit war hier also das kostbare Element. Der Betroffene muss sofort zur Hütte gebracht und Dr. Malbone gerufen werden. Was den Toten betraf, so bestand für ihn keine gegenwärtige Gefahr, und die Lebenden verlangten erste Aufmerksamkeit.

Der junge Mann stand nun vor einer gewaltigen Aufgabe. Zuerst musste er die bewusstlose Frau den steilen Pfad hinauf zur Hütte tragen; dann müsste er viele Meilen zu Fuß zurücklegen, um Dr. Malbone zu rufen . Der junge Mann dachte nicht an die Schwierigkeiten, sondern an das ganze Tun.

Er wollte sich gerade an die Aufgabe machen, die Frau auf seine Schulter zu nehmen, als ihm einfiel, dass ihre Verletzungen möglicherweise durch seine Art, sie zu tragen, verschlimmert werden könnten. Daraufhin führte er eine hastige Untersuchung durch. Der Kopf blutete. Das Gesicht wies keine sichtbaren Verletzungen auf. Die Knochen der Arme waren ganz. Das linke Bein war jedoch oberhalb des Knies gebrochen. Was die besondere Ursache für die Bewusstlosigkeit des Betroffenen war, konnte er nur vermuten. Vielleicht handelte es sich lediglich um eine vorübergehende Überlastung, die durch den schrecklichen Druck hervorgerufen wurde, dem sie zwischen den Pferden ausgesetzt gewesen war. Eine Blutung an Ohren und Nase schien dem jungen Mann ein schlechtes Zeichen zu sein.

Nachdem ihr Zustand so ungefähr festgestellt war , bestand die nächste Aufgabe darin, sie auf eine Weise zur Hütte zu tragen, die ihren Verletzungen den geringsten Schaden zufügte. Daher war es zunächst notwendig, jegliche Beweglichkeit im Bereich der Fraktur zu verhindern. Zu diesem Zweck grub er sich erneut in den Schutt und holte einige Bretter hervor, die als Boden des Wagens gedient hatten. Er riss Streifen aus der Kleidung der Frau und befestigte die Bretter an ihr, um sie vor Schaden zu schützen, wenn sie bewegt wurde.

Die Anspannung seiner Aufmerksamkeit schärfte und stärkte ihn in jeder Hinsicht. Er schmiedete den ganzen Plan, sie zur Hütte zu bringen, es ihr vorübergehend bequem zu machen, Dr. Malbone zu rufen und sich um die Einzelheiten zu kümmern, um sie wieder gesund zu pflegen.

Sie sanft auf einen Bowler zu heben; sich nach vorne zu beugen und sie mit unendlicher Sorgfalt auf seinen Rücken zu schieben; mit ihr den mühsamen Aufstieg hinaufzugehen – all dies wurde geschickt und zügig erledigt.

ernsthafte Schwierigkeiten in Verlegenheit zu bringen. Er entdeckte, dass sie größer und schwerer als Frauen war, schwerer als er, obwohl er größer war. Er stellte fest, dass die zahlreichen abrupten Stufen auf dem Weg seine Kräfte stark beanspruchten und dass sich einige steile Stellen unter der Last, die er trug, als rutschig erwiesen. Darüber hinaus waren die Muskeln seiner Arme angespannt und verkrampft; und lange bevor er den Felsvorsprung erreicht hatte, auf dem seine Hütte stand, fiel er vor Erschöpfung mehrmals auf die Knie. Doch das Ende kam schließlich, als er in seine Hütte stolperte, eine Decke von seinem Bett auf den Boden zog und sanft seine Last darauf legte.

KAPITEL DREI

Während dieser ganzen Zeit hatte die Heftigkeit des Sturms nicht im Geringsten nachgelassen. Das war in der Tat eines der schlimmsten Hindernisse gewesen, mit denen er beim Aufstieg zu seiner Hütte zu kämpfen hatte. Sofort nachdem er seinen Schützling auf den Boden gelegt hatte, hatte er begonnen, sein Bett für den Gast vorzubereiten, aber die Schwäche der Erschöpfung überkam ihn. Er schwankte; eine rote Blindheit befiel ihn; und obwohl er sich heftig anstrengte, seine Kräfte und Fähigkeiten unter Kontrolle zu halten, stürzte er kopfüber auf sein Bett.

Ein Stöhnen brachte ihn zu Bewusstsein, und erst später wurde ihm klar, wie beunruhigend lange er bewusstlos gelegen hatte. Er erinnerte sich, dass ihm beim Sturz sehr warm war von der Anstrengung, den Hang hinaufzusteigen, und dass ihm beim Aufwachen übermäßig kalt war. Außerdem war die Dämmerung hereingebrochen.

Bestürzt über den Zeitverlust machte er sich sofort daran, es seinem Schützling bequem zu machen. Er bereitete sein Bett für sie vor und legte sie darauf. Sie war immer noch bewusstlos, aber er sah, dass sie sich erholte.

Plötzlich wurde ihm klar, dass es ihm jetzt unmöglich war, Dr. Mal-bone zu rufen, denn die Heftigkeit des Sturms hatte stetig zugenommen und das Krachen umstürzender Bäume übertönte immer noch das Brausen des Windes. Es wäre mehr als tollkühn von ihm, dem Sturm und der Dunkelheit zu trotzen. Jeden Moment könnte sie das Bewusstsein wiedererlangen und sich allein und leidend an diesem seltsamen Ort wiederfinden; und eine ganze Nacht und einen ganzen Tag hätte kaum ausgereicht, um den Chirurgen zu holen, wenn das physisch möglich gewesen wäre. So erkannte der junge Mann, dass er allein, ohne Ausbildung in der Kunst des Chirurgen und Arztes, das Leben dieser Frau in die Hand nehmen und für lange Zeit ihr Arzt und Krankenschwester, Koch und Haushälterin, Mutter und Vertraute, Vater sein musste und Beschützer.

Diese Erkenntnis war grausam und anstrengend genug, aber die Tortur, die ihm jetzt bevorstand, war die anstrengendste von allen. Er hatte dem Aussehen seines Schützlings bisher keine Aufmerksamkeit geschenkt, außer sich zu vergewissern, inwieweit sie verletzt war. Als er nun eine Kerze anzündete und sie ihr ins Gesicht hielt, sah er, dass sie eine junge und hübsche Frau war.

Er bemerkte das vornehme Patriziergesicht durch den Schmutz, das üppige dunkelbraune Haar, die schwarzen Brauen, die jedoch leicht gewölbt waren und sich fast zwischen den Augen trafen, die feine Nase, die gewohnheitsmäßige, halb verborgene Verachtungskurve in ihren Winkeln Mund und das feste, kräftige, elegant geformte Kinn.

Es war offensichtlich, dass der Mann und die Frau Vater und Tochter waren, denn die Ähnlichkeit zwischen dem verzerrten Gesicht des Toten und dem schmutzigen Lebenden war stark; Der offensichtliche Altersunterschied rundete die Schlussfolgerung ab.

Wurde sie tödlich verletzt? Was wäre, wenn sie sterben sollte? Welche Auswirkungen hätte die Kenntnis vom Tod ihres Vaters auf sie? Wie lange würde sie hilflos auf der Couch liegen bleiben, festgehalten von ihren Verletzungen; Und wie lange würde sie nach ihrer möglichen Genesung durch den unpassierbaren Zustand der Straßen gefangen gehalten werden? Würde sie das alles fröhlich und mutig überstehen?

Sie wurde immer unruhiger; Kluge Eile war nun die höchste Notwendigkeit. Zuallererst muss sie angemessene Kleidung haben, und diese muss bereitgestellt werden, bevor er seine stümperhaften Versuche unternimmt, ihren gebrochenen Knochen zu heilen. Wie konnte er hoffen, diese schwierige chirurgische Leistung zu vollbringen, ohne mehr über die Anforderungen zu wissen, als er sich einige Male als ungeschulter Assistent von Dr. Malbone in den Bergen angeeignet hatte , und mit dem unzureichendsten Verständnis für die Verwendung solcher Schienen und Bandagen? , Nadeln und Ligaturen , wie Dr. Der Betroffene war jung und bester Gesundheit; Aber wie konnte er auch nur die geringste Gewissheit empfinden, dass im Falle einer Sicherung des Bruchs keine Schiefheit und Deformität durch unsachgemäße Anpassung entstehen würde? Aber es blieb ihm nichts anderes übrig, als es zu versuchen und alle intelligenten Kräfte seines Wesens für die Aufgabe einzusetzen.

Er hoffte, dass sie das Bewusstsein nicht wiedererlangen würde, bevor er erneut zum Ort der Tragödie fahren und ihr Gepäck sichern würde. Die Dämmerung wurde immer dunkler. Er warf Holzscheite auf das schwelende Feuer im Kamin und machte sich auf den Weg. Er blieb einen Moment an der Tür stehen, um seinen Patienten zu beobachten. Sie bewegte sich wieder und stöhnte.

„Ein Beruhigungsmittel wäre sicherer", überlegte er. Und als er es ihr dann mühsam in den Hals geschüttet hatte, fragte er sich, ob er ihr zu viel gegeben hatte und ob es sich negativ auf ihre Vitalität auswirken und ihrer Regeneration entgegenwirken würde. Er wartete, bis sie still und still geworden war, und eilte dann zur Straße hinunter.

Der Sturm hatte allmählich seinen Charakter verändert. Er hatte damit gerechnet, dass der Schnee warten würde, bis der Wind nachgelassen hätte, aber ein Hurrikan wehte immer noch und der Schnee fiel in langen grauen

Streifen herab. Es hatte bereits begonnen, weiß zu werden und die Spalten zu füllen, in die der Wind es trieb. Es wäre besser gewesen, wenn er eine Laterne mitgebracht hätte, aber dafür war keine Zeit; und der Wind hätte seine Verwendung zweifellos unmöglich gemacht.

Am Wrack fand er seine Axt und räumte weitere Äste weg. Nur eine sehr schwache Andeutung des toten weißen Gesichts, das zu ihm aufblickte, war durch die Dämmerung zu erkennen; und morgen gab es in diesem Viertel Arbeit zu erledigen, egal wie viel Schnee in den Zweigen stecken und stecken bleiben mochte. Bald fand er zwei große und schwere Reisetaschen, eine größer als die andere; Dies, so überlegte er, müsse der Frau gehören; Seine Kräfte reichten jetzt nicht mehr aus, um beide zur Hütte zu tragen, und er brauchte für die vor ihm liegende Aufgabe alle nur erdenkliche Nervenstärke. Ein mühsamer Aufstieg brachte ihn mit dem Sack und seiner Axt zurück zur Hütte. Beim Schein einer Kerze las er besorgt den Namen auf einem silbernen Schild, das am Griff der Tasche befestigt war. Es war: „Laura Andros, San Francisco."

Mit Ehrfurcht und Ehrfurcht öffnete er den Beutel, holte behutsam den Inhalt heraus und legte ihn vorsichtig beiseite. Er hatte bereits vage bemerkt, dass es sich bei seinem Gast um eine wohlhabende und elegante Frau handelte, und stellte nun fest, dass die von ihm offenbarten Artikel zwar größtenteils für den intensiven Gebrauch in den Bergen bestimmt waren, sie jedoch einen unverkennbaren Stempel von Anmut und Raffinesse trugen alle.

Nachdem er nun Kleidungsstücke gefunden hatte, in denen er es ihr bequem machen konnte, nachdem seine chirurgische Arbeit erledigt war, machte er sich an die gewaltige Aufgabe, die ihn erwartete. Er fragte sich, wie viel wertvolle Zeit er, wenn überhaupt, durch pure Angst vor seiner Pflicht verloren hatte. Aber was auch immer die Verzögerung war und was auch immer ihre Ursachen sein mochten, sie hatte ihm geholfen, sich auf die Tortur vorzubereiten. Bis zu diesem Augenblick hatte ihn ein unerklärliches und quälendes Zittern aller seiner Glieder in regelmäßigen Abständen beunruhigt, doch mit zunehmender Annäherung an die Aufgabe kamen ihm Kraft und Standhaftigkeit.

Er befahl seiner Seele, den Bedürfnissen der Stunde gerecht zu werden, und ging beharrlich seiner Arbeit nach. Er wusste, wie äußerst schmerzhaft Operationen zur Fixierung gebrochener Knochen waren und wie groß die Geschicklichkeit war, die für die Verabreichung eines Anästhetikums erforderlich war . Er hatte noch nie erlebt, dass auch nur ein erfahrener Chirurg allein das tun konnte, was er jetzt ohne Geschick oder Hilfe tun musste. Es wäre nicht ausreichend, wenn er sein Bestes geben würde: Sein Bestes muss perfekt sein.

Er holte seinen Vorrat an Schienen, Bandagen, Stimulanzien und Anästhetika hervor und ordnete sie griffbereit an, wie er es bei Dr. Malbone gesehen hatte . Er untersuchte den Puls seines Patienten; es war zu schnell und zu schwach, um ihm großes Selbstvertrauen zu geben. Er machte ein gutes Feuer, denn die Nacht war kalt; und er griff stark auf seinen Kerzenvorrat zurück, um so viel Licht wie möglich zu spenden.

Sein Bett, auf dem sie lag, war eine äußerst grobe und unangemessene Angelegenheit. Es handelte sich um eine eigene Konstruktion, die seinen Teil zu dem streng entbehrungsreichen Leben beitragen sollte, das er sich in den Bergen aufgebaut hatte. Es bestand aus groben Brettern, die an Holzpfosten genagelt waren. Um als Matratze zu dienen, wurde sie mit duftenden Tannennadeln gefüllt. Darauf lagen Bettlaken und Decken. Auch das Kissen bestand aus Tannennadeln. Ohne Federn war das Bett also hart und für eine zierlich erzogene Frau ungeeignet; umso mehr aufgrund der Krankheit, die sie erleiden würde, und der langen Zeit, die sie ans Bett gefesselt sein würde; aber es war das Beste, was er hatte. Da die Hütte sehr klein war und nur einen Raum hatte, hatte man dieses Bett genau in einer Ecke untergebracht. Wilder hat es herausgezogen, damit er auf beiden Seiten frei arbeiten kann. Dadurch wurde die Hütte noch enger.

Die Untersuchung, die er unterwegs durchgeführt hatte, diente der Entdeckung gebrochener Knochen. Dort hatte er den Knochen des linken Oberschenkels an einer unbestimmten Stelle zwischen Knie und Hüfte gebrochen gefunden. Aber Knochenbrüche sind nicht alle Verletzungen, die man bei einem solchen Unfall erleiden kann – auch Schnittwunden und Prellungen können sich als ebenso gefährlich erweisen, wenn man sie übersieht.

Mit größter Sorgfalt bereitete er sie auf die Arbeit vor, die er tun musste. Da sie vollständig angezogen war, erforderte dies Geduld von seinen ungeübten Händen. Endlich war dieser Teil der Aufgabe, der für einen Mann mit seinem feinen Gefühl unsagbar schwer war, erledigt. Es wäre müßig , hier darzulegen, welche Qualen er um sich selbst erlitt und als er ihre Verwirrung und ihren möglichen Groll vorhersah, als ihm klar wurde, dass er, ein völliger Fremder und kein Arzt, dies alles für sie getan hatte .

Zu seiner großen Erleichterung stellte er fest, dass der Knochen des linken Oberschenkels, soweit er es beurteilen konnte, der einzige war, der einen Bruch erlitten hatte; aber eine sorgfältige Untersuchung ergab mehrere blaue Flecken; Und als er schließlich nach der Quelle des Blutes suchte, das ihr Gesicht bedeckt hatte, als er sie aus den Trümmern zog , fand er einen Schnitt in ihrer Krone. Sein erstes Werk muss da sein.

Er bedeckte sie bequem, wusch das Blut von ihren Haaren und ihrem Gesicht und rasierte, eingedenk des Stolzes, den sie für ihr herrliches Haar gehabt haben musste, schnell eine möglichst kleine Stelle auf ihrem Scheitel. Er versuchte es zunächst mit Heftpflaster, um die Schnittkanten zusammenzubringen; Aber das Wasser und sein Umgang mit der Wunde lösten erneut eine Blutung aus, und dies zwang ihn, die Wunde mit Ligaturen zu verschließen.

Er stellte erfreut fest, dass die Blutung gestoppt wurde. Das machte ihn so zufrieden und so zuversichtlich, dass ihn der größere Umfang der verbleibenden Arbeit weniger entsetzte. Tatsächlich hatte dies eine wissenschaftliche Faszination ausgelöst, die seinen Verstand ungewöhnlich schärfte und seine Nerven beruhigte. Diese Aufgabe nahm er nun in Angriff.

Die ganze Zeit über lag der Betroffene bewusstlos da. Dies war ein Segen, es sei denn, der Zustand war durch schlimmere Ursachen als das Bewusstsein über den Schmerz beim Setzen des Knochens verursacht worden. Danach war noch Zeit, über all das nachzudenken. Die einzige gegenwärtige Pflicht bestand darin, die Operation ohne weitere Verzögerung fortzusetzen, da bereits eine Entzündung eingesetzt hatte.

Während er mit größter Sorgfalt die Enden des gebrochenen Knochens anpasste, so gut er konnte, wurde er durch einen qualvollen Schrei von ihr aus der Fassung gebracht, der halb erstickt und dadurch umso schrecklicher wurde , am Verband unter ihrem Kinn; und sie saß aufrecht und starrte ihn an. Alle Fähigkeiten des jungen Mannes waren vorübergehend gelähmt. Eine betäubende Kälte überkam ihn. Mit großer Anstrengung rappelte er sich auf, aber das Atmen fiel ihm schwer und der Schweiß lief ihm über das Gesicht. Er legte sie fest auf das Kissen zurück und sagte:

"Ruhig sein; Dir soll kein Schaden mehr zugefügt werden. Sie war außergewöhnlich fügsam, obwohl er an der Wildheit ihrer Augen und dem Flattern in ihrer Kehle erkennen konnte, dass etwas in ihr tobte. Mit einer Hand drückte er sanft ihre Augenlider nach unten, mit der anderen befeuchtete er ein Taschentuch aus einer Flasche Chloroform und hielt es knapp vor ihren Mund und ihre Nasenlöcher. Einen Moment lang rebellierte sie gegen den erstickenden Dampf und versuchte, seine Hand wegzuziehen; aber als sie feststellte, dass er entschlossen war, gab sie nach und war bald verblüfft.

Die Arbeit muss jetzt schnell gehen. Sie hatte keine Zeit, sich zu fragen, ob sie etwas verstanden oder in ihm einen Fremden gesehen hatte. Jetzt konnte keine Unterbrechung mehr von ihr kommen; das war das Entscheidende; aber das Anästhetikum würde bald seine Wirkung verlieren. Er nahm seine Arbeit wieder auf und achtete dabei sehr darauf, das verletzte Glied dem gesunden Glied zuzuordnen, um eine lebenslange Verkrüppelung zu vermeiden. Dann passte er die Schienen an und hielt das Glied gerade. Schließlich sicherte er es gegen Abknicken im Kniebereich, indem er ein

Brett an der Unterseite des Beins über die gesamte Länge anpasste. Er beendete seine Arbeit, indem er ihren Oberkörper an das Bettgestell band, um sie am Aufstehen zu hindern. Dann löschte er seine Kerzen, machte es ihr auf dem harten Bett so bequem wie möglich, legte mehr Holz auf das Feuer und setzte sich hin, um zuzusehen. Alles schien gut zu laufen.

Zu diesem Zeitpunkt war die Nacht bereits weit fortgeschritten. Der Wind wehte immer noch fürchterlich stürmisch. Eine schmerzende, unwiderstehliche Müdigkeit überkam den Beobachter. Er rückte seinen Stuhl dicht an das Bett und beobachtete ängstlich seinen Schützling. Er untersuchte ihren Puls; es stieg; Ihre Haut war heiß und trocken. Sie war unter dem Einfluss des Narkosemittels gestorben und schlief nun unruhig. Voller Angst wartete er auf ihr Erwachen, denn die unerwartete Situation, in der sich der junge Mann befand, war komplex und schwierig. Es war wichtig, dass sein Patient so ruhig wie möglich war. Die Kenntnis vom Tod ihres Vaters könnte sich als katastrophal erweisen. Daher musste sie getäuscht werden, und doch war die Täuschung unsäglich zuwider für die Natur des jungen Mannes. Aber jetzt war es eine Pflicht, die vor allem erfüllt werden musste. Sie muss voller Hoffnung sein. Sie musste all ihre Kraft aufbringen, um die erbärmlichen Bedingungen ihrer Gefangenschaft zu ertragen. In der Zwischenzeit postete der junge Mann Schilder entlang der Straße und rief die ersten Passanten um Hilfe auf.

KAPITEL VIER

Es musste VIEL nachgedacht und geplant werden, denn die unerwartete Situation, in der sich der junge Mann befand, war komplex und schwierig. Es war wichtig, dass sein Patient so ruhig wie möglich war. Die Kenntnis vom Tod ihres Vaters könnte sich als katastrophal erweisen. Daher musste sie getäuscht werden, und doch war die Täuschung unsäglich zuwider für die Natur des jungen Mannes. Aber jetzt war es eine Pflicht, die vor allem erfüllt werden musste. Sie muss voller Hoffnung sein. Sie musste all ihre Kraft aufbringen, um die erbärmlichen Bedingungen ihrer Gefangenschaft zu ertragen. In der Zwischenzeit postete der junge Mann Schilder entlang der Straße und rief die ersten Passanten um Hilfe auf.

Schon jetzt war die Straße völlig unpassierbar und es würde noch schlimmer werden. Keiner der Freunde oder Verwandten des Toten und seiner Tochter konnte über ihr Verlassen der Seen informiert werden. Die natürliche Schlussfolgerung aus ihrer Abwesenheit wäre, dass ein früher, ungewöhnlich strenger Winter sie gezwungen hatte, bis zum Frühjahr zu bleiben. Die Menschen in den Bergen hätten keine Möglichkeit zu erfahren, dass es den beiden nicht gelungen war, die Eisenbahn zu erreichen. Dadurch waren die Reisenden völlig aus ihrer Welt ausgelöscht worden. Es würden keine Hilfstrupps ausgesandt, um nach ihnen zu suchen. Erst die unwahrscheinliche Entdeckung der Mitteilungen, die Wilder veröffentlichen würde, konnte die Tragödie auch nur im Geringsten erfahren.

Darüber hinaus war die Straße, auf die Wilders Hütte hinabblickte, nur eine von zwei, die in dieser Richtung in die Wildnis führten. Im Sommer gab es nur eine kurze Strecke, aber wegen seiner Krümmung, Enge und scharfen Steigungen wurde er von starkem Verkehr gemieden. Es wäre die letzte Straße, die geräumt würde. Schneeschuhe waren in diesen Bergen praktisch unbekannt, da Jahreszeiten mit langen Schneeblockaden selten waren; aber es gäbe keinen Anlass für eine Schneeschuhwanderung über diese Straße. Die einzige Möglichkeit, Wilder und seinem Schützling zu entkommen, war zu Fuß, nachdem die Monate, die für ihre Genesung erforderlich waren, verstrichen waren und der Schnee verschwunden war.

Unzählige häusliche Probleme drängten sich vor den Kopf des jungen Mannes. Da sein Schützling vollkommen hilflos war, musste er sich in allen Belangen völlig auf ihn verlassen. Hätte sie die Weisheit und Güte, die Situation freudig anzunehmen, oder würden ihre Demütigungen und Nöte ständig an ihrer Kraft und Geduld nagen und ihre Genesung verzögern oder ihren Tod herbeiführen? Wie konnte sie die Situation philosophisch akzeptieren? Sie würde einen bitteren Kontrast zwischen diesem Leben und dem Leben voller Luxus und Genuss finden, an das sie gewöhnt war. Selbst wenn sie die höchste Standhaftigkeit entwickeln würde, könnte das grobe Essen in kleiner Auswahl, das er ihr geben musste und das schlecht zubereitet war, kaum ihren Appetit anregen und so ihre Kraft stärken. Dann war ihr Bett eine erbärmliche Angelegenheit, und es bestand die ernsthafte Gefahr, dass allein seine Härte, ohne Rücksicht auf ihre mögliche Resignation mit seinen Unannehmlichkeiten, schädliche körperliche Folgen haben würde. Wenn der weise und hilfsbereite Dr. Malbone es nur wissen und kommen könnte!

Mögen die Tage bringen, was sie wollten, Wilder würde seine Pflicht so tun, wie er es kannte. Das Feuer knisterte fröhlich im Kamin und erfüllte die Hütte mit seiner Wärme, seinem Glanz und seinem Frieden. Die Mauern waren fest und stark und hielten dem Sturm stand. Die quälende Anstrengung der letzten zwölf Stunden ist vorbei und alle Kräfte müssen für die Zukunft aufgespart werden.

Im flackernden Feuerschein betrachtete der junge Mann in aller Ruhe das Gesicht seiner Schützlingin und sah, dass sie außergewöhnlich gutaussehend war; aber in ihrem Gesicht schien eine gewisse Härte zu liegen, auch wenn sie in ihrer Bewusstlosigkeit entspannt war. Vielleicht lag es nur daran, dass vor seiner Erinnerung das einzige Gesicht auf der Welt hervorstach, das mit seiner unendlichen Sanftheit und Süße jede Anmut verkörperte, nach der sich sein Geist sehnte. Es war kein so schönes und strahlendes Gesicht wie dieses – aber da kam Dr. Malbones Warnung zum Ausdruck, immer wieder mit der ernstesten Eindringlichkeit geäußert:

„Wenn Sie Ihre Vernunft und Ihr Leben schätzen, wenn Sie die Möglichkeiten Ihres Glücks und Ihres Nutzens für die Menschheit schätzen, wenden Sie Ihr Gesicht von der Vergangenheit ab und stellen Sie sich mit dem ganzen Mut und Willen eines Mannes der Zukunft. Die Natur ist freundlich zu all ihren Kindern, die sie lieben und suchen. Sie überhäuft unsere Vergangenheit mit Trümmern, nur um uns auszubilden und auf eine edle Zukunft vorzubereiten. Wo es keine Mühen gibt, kann es keinen Frieden geben. Es gäbe keine Stärke, wenn es keine Schwäche gäbe, die ihrer Hilfe bedarf. Der Mensch, der auch nur im geringsten seinen Pflichten gegenüber der Menschheit und sich selbst nachkommt, belastet sein Leben in diesem Ausmaß. Seien Sie mutig, hoffnungsvoll und hilfsbereit, so wie es sich für einen Mann gehört, und arbeiten Sie unablässig für das Beste, wie es sich für einen Mann gehört."

Und der Mann mit dem seltsam verzerrten Gesicht, der zwischen den Ästen hervorlugte, was war das Ziel seines Lebens gewesen, dass es ein solches Ende finden sollte? Gab es in diesem Zusammenhang schließlich einen Anflug von Unmännlichkeit? Zweifellos war er auch jetzt noch tief unter Schnee bedeckt. Sollte er dort zurückgelassen werden, könnten die großen grauen Wölfe herabkommen und ihn finden. Sie waren groß und mächtig, und Männer, die sie hungrig gesehen hatten, erzählten schreckliche Geschichten über ihren Wagemut und ihre Wildheit. Sollte der Schnee sie hinuntertreiben, würden sie die toten Pferde unter dem Baum finden; und danach würde es hier nur noch ein Haus geben, in dem sie Menschen finden könnten.

Man muss sich vor ihnen nicht fürchten; aber angenommen, dass es eines Nachts ein Kratzen an der Tür der Hütte gäbe , dann würde das die hagere Wölfin bedeuten , die Kinder zum Wolfsrudel entführt.

Sie bettelte um eine Speckschwarte zum Essen und um eine Ecke am Herd zum Schlafen. Sie würde von ihren Kämpfen mit Menschen und Tieren hässliche Wunden tragen, und diese müssten verbunden und Risse in ihrer Haut genäht werden; und wenn es gebrochene Knochen gab, müssen sie gesetzt werden. Würde sie der Folter standhalten oder würde sie schnappen und heulen wie Wölfe?

Durch ein Stöhnen erwachte Wilder zu vollem Bewusstsein. Er beugte sich über seine Patientin und blickte in ihre offenen Augen. Sie blickte ihn ausdruckslos an. Er nahm ihre Hand; es war heiß. Er legte eine Hand auf ihre Stirn; es brannte. Ein verstörter Ausdruck von Schmerz und Kummer lag auf ihrem Gesicht.

In ihrem Blick lag ein eifriger Appell, und ihre Lippen bewegten sich schwach. Er schenkte ihnen sein Ohr. Sie flüsterte leise:

"Wasser Wasser!"

Mit vor Freude klopfendem Herzen brachte er kaltes Wasser. Mit Mühe zügelte er ihren Eifer, damit sie nicht merkte, dass sie verkrüppelt und gefesselt war. Er bedeckte ihre Augen mit einer Serviette, denn er bemerkte, dass ihr Blick angespannt und neugierig wurde. Sie gab sich ruhig hin, während er ihr mit einem Löffel das Wasser reichte. Danach seufzte sie müde und zufrieden, doch ihre tiefe Eingebung wurde durch Schmerzen gebremst. Ihre brennende Haut und ein Unbehagen in ihrem gesamten Körper warnten ihn, dass sie Fieber hatte. Er gab ihr ein Heilmittel dagegen. Erst als es hell wurde, beobachtete er sie stundenlang, während sie wach und scheinbar halb bewusstlos lag , und beobachtete, wie sie schließlich in einen tiefen Schlaf verfiel.

Der junge Mann stand auf und stellte fest, dass er schwach und schwindelig war; aber nachdem er ein einfaches Frühstück zubereitet und gegessen hatte , fühlte er sich stärker. Wie durch ein Wunder hatte er seine Aufgabe bisher heil erledigt. Nun musste er seinen Patienten für eine Weile verlassen, um eine schwere Pflicht zu erfüllen, die unten auf der Straße auf ihn wartete – eine Pflicht, vor der jedes seiner Gefühle mit unsagbarem

Abscheu zurückschreckte. Damit es in seiner Abwesenheit nicht zu einem schlimmen Unfall kam, gab er seinem Patienten ein betäubendes Medikament.

Er fürchtete sich davor, die Vordertür seiner Hütte zu öffnen. Als er das tat, fand er heraus, was er befürchtete: Der Wind hatte nach Mitternacht aufgehört, und der Schnee fiel seitdem und schneite immer noch. Es hatte die Wände der Kanone weiß gemacht und war, bevor der Wind aufgehört hatte, in einer Weise um die Hütte herumgewirbelt und getrieben, dass der junge Mann Angst vor der Zukunft hatte. Würde seine Kraft ausreichen, um dagegen anzukämpfen, wenn der Sturm so lange andauern würde, dass er und sein Schützling nicht lebendig begraben würden?

Er legte diese Angst beiseite und folgte schweren Herzens dem steilen Pfad hinunter zur Straße.

KAPITEL FÜNF

nahe , als der Gast der Hütte zu vollem Bewusstsein erwachte. Ihr erster Impuls war, vor Schmerz, der sie quälte, aufzuschreien; Doch ihr starker Wille übernahm das Kommando und sie schaute fragend in das besorgte Gesicht neben sich. Offensichtlich wurde ihr klar, dass eine Katastrophe über sie hereingebrochen war, und sie verlangte nun im Stillen eine Erklärung.

Damit hatte Wilder nicht gerechnet. Ihre Ruhe und darüber hinaus ihre stille Forderung unterschieden sich so sehr von der kindischen und unvernünftigen Gereiztheit, die er erwartet hatte, dass er unvorbereitet und verwirrt war.

„Du wurdest verletzt", stammelte er; „Und es wird für Sie notwendig sein, eine Zeit lang ganz still zu bleiben."

„Wie wurde ich verletzt?" fragte sie leise. „Die Pferde hatten Angst vor dem Sturm und rannten davon."

„Oh, der Sturm! Ich erinnere mich." Dann schaute sie sich schnell und besorgt um. „Mein Vater", sagte sie, „wo ist er?"

Für einen Moment stand das seltsam verzerrte Gesicht in den Zweigen grimassierend zwischen Wilder und seiner Pflicht, aber mit einem Keuchen und einer abweisenden Geste vertrieb er es – nicht so geschickt, dass man seinen Kampf nicht sehen konnte.

„Er – ist gegangen, um Hilfe zu holen", sagte er. Dann verließ er schnell das Bett, um seine Schwäche und die Schande über die Lüge zu verbergen, die ihn erstickte, und fügte hastig hinzu: „Ja, er wurde nicht verletzt; und als er und ich euch zu dieser Hütte gebracht hatten, ging er los, um Hilfe zu holen. Er wird so schnell wie möglich zurückkehren." Er spürte, dass ihr Blick mit gnadenloser Festigkeit auf ihn gerichtet war. „Jetzt", sagte er und kehrte zum Sofa zurück, „werde ich diese Verbände entfernen" – er bezog sich dabei auf die Schnüre, die sie an das Bett fesselten – „aber Sie müssen mir versprechen, mich nicht zu bewegen, außer auf meine Anweisung hin." Tust du?"

Sie nickte leicht zustimmend und er band sie los.

„Kommen Sie", fügte er hinzu, „Sie müssen etwas von dieser Brühe haben. Nein, versuchen Sie nicht aufzustehen; Ich werde dich mit diesem Löffel füttern. Es ist nicht zu heiß, oder? Das ist gut. Jetzt werden Sie sich viel besser fühlen. Du hast jetzt keine großen Schmerzen, oder?"

„Ich bin kein Kind", antwortete sie mit einem leichten Anflug von Verachtung und Vorwurf. Aber er sagte fröhlich:

„Ausgezeichnet, ausgezeichnet! So fühlt man sich!"

Sie lag eine Weile schweigend da und blickte zum Dach hinauf. Dann sagte sie:

„Ich stelle mir vor, dass ich schwer verletzt bin. Bitte sagen Sie mir, wie und wo ich verletzt bin."

„Nun, Ihr linkes Bein war verletzt, und wir müssen dafür sorgen, dass es bandagiert wird und Ihr Knie nicht gebeugt wird. Und es gab ein paar Prellungen an Ihrer Seite und eine Verletzung an der Kopfhaut."

„Meine Kopfhaut?" fragte sie schnell, hob die Hand und fragte: „Du hast mir doch sicher nicht den Kopf rasiert?"

„Nein", antwortete er und lächelte amüsiert; „Außer einer kleinen Stelle, die kann man abdecken, bis die Haare herauswachsen."

Sie war erst völlig zufrieden, als sie die prächtige Fülle an Haaren gespürt hatte, die dicht auf dem Kissen lagen.

„Darf ich fragen, wer Sie sind?" Das war die Frage, vor der er sich am meisten gefürchtet hatte; Doch bevor er die Wahrheit herausstammeln konnte, brach ein Licht über ihrem Gesicht aus, und sie verblüffte ihn mit diesem Ausruf:

„Oh, Sie sind der berühmte Dr. Mal-Bone! Das ist außergewöhnlich! Ich habe großes, großes Glück."

Wilder hatte sich noch nie eine so schillernde und glückliche Lüge vorgestellt wie diesen Fehler. Zwischen Staunen über seine Dummheit, weil er nicht daran gedacht hatte, und großer Freude darüber, dass sie sich so natürlich geirrt hatte, war er zu verwirrt, um es zu bestätigen oder zu leugnen. Er erkannte nur, dass sie unwissentlich das schwierigste seiner gegenwärtigen Probleme gelöst hatte. Hätte sie ihn angesehen, hätte sie sich vielleicht über den seltsamen Ausdruck gewundert, der sein Gesicht erhellte, und insbesondere über das Purpur, das vorübergehend die totenähnliche Blässe verdrängte, die sie beobachtet hatte.

„Ja", fuhr sie nach einer Pause fort, „ich habe Glück; denn ich vermute, dass meine Verletzungen viel schlimmer sind, als Sie mir glauben machen wollen, und dass eine solche Geschicklichkeit wie Ihre erforderlich ist." Sie richtete ihren Blick wieder ganz auf ihn; aber er hatte seine Adresse wiedererlangt und begegnete ihrem Blick nun mit einer Annäherung an Standhaftigkeit. „Aber", sagte sie, „Sie sind ein viel jüngerer Mann, als ich erwartet hatte; Und du siehst nicht so verdrießlich aus, wie ich aus der Nachricht, die du mir vor einem Monat geschickt hast, hätte schließen können."

Sie hielt inne und erwartete offensichtlich eine Erklärung von ihm. aber er schwieg und sah so verzweifelt aus, dass sie lächelte.

„Vielleicht erinnerst du dich", fuhr sie fort, „dass eine junge Dame an den Seen zu dir geschickt hat, um sie wegen der durch einen Sturz erlittenen Blutergüsse zu behandeln, und dass du ihrem Boten gesagt hast, er solle ihr deine Komplimente machen und ihr sagen, dass Kaltwasseranwendungen, an alte Frau, und Gott würde mit einem solchen Fall genauso gut verfahren wie mit dir. Ich bin diese junge Dame."

Wilder gefiel die unverblümte und direkte Art der jungen Frau, obwohl sie neuartig und peinlich war.

„Es gab zweifellos wichtige Fälle, die Aufmerksamkeit erforderten", erklärte er.

„Kein Zweifel", stimmte sie zu.

„Und schließlich", schlug er vor, „haben Sie den Rat nicht befolgt und gute Ergebnisse erzielt?"

„Ja", antwortete sie und lächelte erneut schwach; "das ist wahr." Sie schloss die Augen. Dann streckte sie ihre Hand aus, die Wilder ergriff. Sie sah ihm ernst ins Gesicht und fragte: „Es wird eine lange Belagerung mit mir sein, nicht wahr?"

„Viel hängt von Ihrem Temperament ab", antwortete er. "Wenn---"

„Das ist Ausweichen", unterbrach sie. „Sei offen zu mir." In dieser Anfrage gab es keine Nachfrage; Es war ein Appell aus so tiefster Tiefe, wie sie es kannte, und es berührte ihn.

„Ja", stammelte er, „es sei denn ——"

„Der Knochen ist gebrochen, nicht wahr?"

"Ja; Aber Sie sind jung und Ihre Gesundheit ist hervorragend. Das ist alles."

Ein verzweifelter Ausdruck überzog ihr Gesicht, das sich dann schnell vor Wut und Rebellion rötete. Ihr Gastgeber sagte nichts. Er sah, dass sie in der Lage war, den Kampf ohne seine Hilfe mit sich selbst zu führen; dass ihr Geist, obwohl jetzt durch ihr Leiden verstört, in der Lage war, viel zu begreifen, was ihr Zustand bedeutete, da sie offensichtlich ein ungewöhnlich starker, klarer Geist war und dass dies der Annahme ihrer Position die philosophische Sichtweise verleihen würde, die so dringend benötigt wurde. Er sah den harten, mutigen Kampf, den sie führte, und er hatte keine Angst vor dem Ausgang. Allmählich sah er den nachdenklichen Ausdruck der nach innen gerichteten Augen und das unter der Anstrengung hagere und hagere

Gesicht. So langsam er sah, wie sie aus den Tiefen auftauchte, in die er sie gestoßen hatte, und an der Langsamkeit des Sieges erkannte er, dass sie gewonnen hatte. Als sie ihm erneut ins Gesicht sah, wusste er, dass ihre Seele auf eine noch nie dagewesene Weise geprüft worden war und dass sie dadurch stärker und besser geworden war. Und er wusste, dass noch eine weitere Prüfung auf sie wartete, die sie vielleicht nicht hätte ertragen können, wenn sie diese nicht durchgemacht hätte.

„Noch etwas", sagte sie so ernst wie zuvor; „Wann rechnen Sie mit der Rückkehr meines Vaters?"

„Sehr bald – sobald er –"

„Schon wieder Ausweichen", protestierte sie, ein leichtes Stirnrunzeln der Ungeduld verdunkelte ihr Gesicht; aber es verschwand sofort und ihr Auftreten war wieder ansprechend. „Seien Sie mein Freund und auch mein Arzt, Dr. Malbone . Bitte sag mir die Wahrheit. Ich kann es jetzt ertragen."

Der junge Mann senkte niedergeschlagen den Kopf.

„Es schneit immer noch", sagte er, „und zweifellos stehen viele Bäume auf der anderen Straßenseite. Wir können nur abwarten und hoffen."

Ein flüchtiger Ausdruck der Dankbarkeit für seine scheinbare Offenheit milderte ihre harte Schönheit, und sie zog ihre Hand und ihren Blick zurück. Dann wusste er, dass in ihr ein weiterer gewaltiger Kampf tobte. An dem tiefen Purpurrot, das ihr Gesicht bedeckte, wusste er, wie sehr ihr klar war, was er ihr in den kommenden anstrengenden Wochen bedeuten würde. Er sah die äußeren Anzeichen der unvorstellbaren Abscheu, die sie erfüllte und deren Ursache er war. Er wusste, dass sie in seelischer Qual gegen das Schicksal rebellierte, das sie hilflos in die Hände eines Fremden gebracht hatte, und dieser Fremde war ein Mann, und dieser Mann war derjenige, der ihr jetzt diente, egal wie bereitwillig, wie treu, mit welchem Takt und Feingefühl auch immer . An ihrem hoffnungslosen Blick in der Hütte erkannte er die Bitterkeit des Kampfes, den sie führte, um die abstoßende Gastfreundschaft anzunehmen. Und das Schlimmste von allem war, dass er sah oder zumindest zu sehen glaubte, dass in dem Sieg, den sie schließlich errang, eher eine eiserne Entschlossenheit steckte, die er durchhalten musste, als dass es sich nur um eine einfache Resignation handelte.

So begannen diese beiden ihr seltsames gemeinsames Leben. Wie man annehmen kann, fehlte es völlig an echter Kameradschaft, und das war auch notwendigerweise der Fall. Das machte es in gewisser Weise für beide schwieriger. Der Gastgeber tat sein Bestes, um in der strengen Einrichtung seiner Speisekammer für ihr Wohlergehen zu sorgen. Sie beklagte sich nie über das grobe , unzureichende Essen, das allesamt von der Art sein musste, dass es sich über Monate halten ließ, und nichts davon gefiel einem anspruchsvollen Geschmack, der durch Krankheit und Erschöpfung aufgrund ihrer Verletzungen noch empfindlicher wurde. All die unzähligen Aufmerksamkeiten, die ihre Hilflosigkeit ihm auferlegte, schenkte er mit der sachlichen Direktheit eines Arztes und einer Krankenschwester, und das war ihr offensichtlich eine Freude. Sie beklagte sich nie über die grausame Härte des Bettes und versäumte nie, ihre Dankbarkeit für die leichten Positionsveränderungen zum Ausdruck zu bringen, die er ihr erlauben durfte.

Der größte Trost für den Gastgeber waren die guten Fortschritte, die sein Patient machte. Ihr seltsamer Irrtum, dass er Dr. Malbone war , hatte ihm eine Beherrschung der Situation verschafft, die von unschätzbarem Wert war. Offensichtlich vertraute sie voll und ganz auf seine Fähigkeiten, und er machte das Beste daraus. Sie fragte nie wieder nach ihrer Meinung zur Rückkehr ihres Vaters. Ihre einzigen Fragen betrafen das Wetter, dessen Härte von Tag zu Tag, von Woche zu Woche nicht nachließ. Wenn Wilder von kurzen Ausflügen über den Schnee zurückkehrte, der jetzt tief in den Bergen lag und immer tiefer wurde, blickte sie ihn einen Moment lang erwartungsvoll an und hoffte auf gute Nachrichten; aber er brauchte nicht zu sagen, dass es keine gab, und sie stellte keine Fragen.

Wilders Angst und Bestürzung wuchsen, als sich um die Hütte herum Schnee auftürmte. Bevor er das Haus baute, hatte er erfahren, dass im Winter, wenn die Stürme sehr heftig waren, der Felsvorsprung, auf dem er das Bauwerk errichtet hatte, mit Schnee bedeckt war, aber bis zu welcher Höhe hatte niemand jemals festgestellt. So einen Sturm hatte es seit der Erinnerung der weißen Siedler noch nie gegeben. Daher war der Schnee höher als je zuvor. Dafür gab es besondere Gründe. Der Schelf bildete einen Wirbelpunkt für den Wind, der in den Pausen des Schneefalls wehte, und der Schnee von allen Seiten wurde so aufgewirbelt und auf den Schelf geschleudert. Es hatte das Dach noch nicht erreicht, aber es musste vom Fenster und der Haustür ferngehalten werden, und das bedeutete Wachsamkeit und Mühe. Sollte es sich weiter ansammeln, bis es das Dach und die Spitze des Schornsteins erreicht, würde eine ernste Situation für die Gefangenen entstehen.

Solange der Patient hilflos blieb, gab es zwischen diesen beiden unglücklichen Sterblichen nichts anderes als eine starre geschäftliche Beziehung. Zwischen ihnen war eine ungreifbare Mauer errichtet, die keiner von ihnen angreifen wollte. Aber mit der Zeit ging es dem Patienten sowohl körperlich als auch geistig besser und stärker; und außerdem machten sich seltsame Entwicklungen bemerkbar.

Unter den Gegenständen der jungen Frau hatte Wilder ein Buch entdeckt, in dem sie ein Tagebuch führte. Sie hatte darum gebeten, sobald sie schreiben konnte; Und da die Beobachtungsgabe einer Frau schärfer ist als die eines

Mannes, ist es am besten, hier (und an anderen Stellen in der Erzählung)
Auszüge aus ihrem Tagebuch einzuführen, die hilfreich erscheinen.

KAPITEL SECHS

Das Folgende stammt aus dem Tagebuch der Dame:

„Ja, ich werde es noch einmal schreiben, so absurd es sich auch herausstellen mag: Es gibt ein Geheimnis um diese Hütte. Ich habe immer wieder versucht, mir einzureden, dass meine Schwäche und die unnatürliche Situation, in die ich mich befinde, mich krankhaft und misstrauisch machen; aber ich weiß, dass ich immer noch eine hartnäckige Frau bin, ohne einen Funken Unsinn in meiner Komposition; und ich weiß, dass ich in der Lage bin, die Dinge im richtigen Licht zu sehen und sie in gewisser Weise zu verstehen. Und ich sage, dass die Anzeichen dafür, dass hier etwas nicht stimmt, immer offensichtlicher werden, ohne mir den geringsten Hinweis auf die Natur des Geheimnisses zu geben; Aber ich habe das Gefühl, was auch immer das Geheimnis sein mag, es ist eines, vor dem man sich fürchten muss. Ich versuche, nicht darüber nachzudenken; aber wo ist da der Sinn? Ist es nicht besser für mich, so viel zu beobachten und nachzudenken, wie ich kann, und so besser auf alles vorbereitet zu sein, was passieren mag?

„Manchmal versuche ich zu glauben, dass es nur die Fremdartigkeit dieses seltsamen Mannes – wenn ich ihn einen Mann nennen darf – ist, die mir das Gefühl gibt, dass ein Geheimnis in der Luft liegt. Es ist schwierig, etwas Greifbares an seiner Haltung zu erkennen, so unauffällig wachsam ist er. Es muss eine Erklärung dafür geben, dass ein so geschickter Arzt wie er sich in diesen Bergen vergraben sollte – sich vor der anderen Welt verstecken sollte, zu der er offensichtlich gehört.

„Er ist ein Gentleman – ich werde ihm die Gerechtigkeit widerfahren lassen, das zuzugeben. Er übertrifft jeden Gentleman, den ich je zuvor gesehen habe, um ein Vielfaches. Lassen Sie mich versuchen, mir das zu erklären. Auch wenn er sich nicht im Geringsten um meine Wünsche kümmert, weiß ich, dass jeder seiner Gedanken bei mir ist. Er schläft auf dem Steinboden vor dem Kamin – wenn er überhaupt schläft, was ich manchmal bezweifle. Auch wenn er mich nicht so distanziert und abwesend ansieht wie er, habe ich das Gefühl, dass die ganze Kabine von seinen Augen erfüllt ist und dass sie mich immer ansehen, Tag und Nacht, aber mit einem anderen Ausdruck als dem verschleierte eines seiner eigenen Augen. Sie haben nicht den distanzierten, nachdenklichen, oberflächlichen, geschäftsmäßigen Ausdruck der Augen in seinem Kopf, sondern einen anderen – einen Ausdruck , der eine Mischung aus Pflicht, Mitleid, Freundlichkeit, Geduld, Nachsicht und – es zu sein scheint wird mir ein besseres Gefühl geben, wenn ich es schreibe – *Verachtung* . Ich habe das Gefühl, dass diese unzähligen Augen meine tiefsten Gedanken lesen und mir beim Schreiben über die Schulter schauen.

„ Natürlich spüre ich das alles nicht wirklich, sonst würde ich nicht so schreiben. Aber ich fühle etwas. Oh Gott! Wann wird diese elende Belastung ein Ende haben?...

„Ich habe herausgefunden, dass er die Hintertür der Hütte am eifersüchtigsten bewacht. Als ich nach meiner Verletzung zum ersten Mal zu Bewusstsein kam, sah ich, was ich als Beweis dafür ansah, dass meine Willensstärke größer war als seine. Ich glaube es noch; Aber er hat sicherlich eine Art, mich zu verblüffen und in einer Situation zu halten, aus der ich nicht entkommen kann. Ich bin neugierig auf viele Dinge; Es ist mein Recht, sie zu kennen. Warum umgibt er sich mit einer Taubheit, die nichts durchdringen kann? Warum und wie macht er es mir unmöglich, ihm Fragen zu stellen? Und wer hat jemals von einem Mann gehört, der so vollkommen gleichgültig ist, dass er einer Frau, die wie ich ist, keine einzige Frage über sich selbst, ihr Leben, ihren Geschmack, ihre Familie, ihre Welt stellt? Warum hat er es mir unmöglich gemacht, ihm irgendwelche Fragen zu stellen? Zunächst hatte er mein Bett so aufgestellt, dass ich durch Drehen des Kopfes die Hintertür sehen konnte ; Aber als er bemerkte, dass ich neugierig geworden war, fand er einen Vorwand, mein Bett so umzudrehen, dass ich die Tür nicht mehr sehen konnte, und ich war zu stolz, um Einspruch zu erheben.

„Ich wünschte, ich könnte Respekt vor ihm haben. Natürlich vermutet er, dass ich reich bin, und er muss wissen, dass er für seine Dienste gut bezahlt wird. Eines Tages ließ ich ihn das verstehen, und er sah mich mit einem ausdruckslosen Blick an, der höchst beunruhigend war. Aber das hat mich nicht getäuscht. Ich möchte nicht ungerecht sein, aber ich weiß etwas über die menschliche Natur. Ich denke, dass die ganze Vorgehensweise des Mannes darauf abzielt, mich mit seiner großen Fürsorge zu beeindrucken und seine Dienste umso wertvoller erscheinen zu lassen. Bah! er hätte sich nicht die Mühe machen müssen.

„Trotz ihm werde ich diese Tür im Auge behalten. Ich weiß bereits, dass er es sorgfältig verschlossen hält und dass er es, wenn er hinausgeht, auf der anderen Seite verriegelt. Solch ein Misstrauen ist ungerechtfertigt und beleidigend, wenn ich nicht in der Lage bin, in seine Geheimnisse einzudringen. Noch etwas ist mir aufgefallen. Die Hintertür führt in eine Art Innenwohnung.

„Wie soll er es bewachen, wenn ich in der Nähe bin? Dann wird sein Leben zur Last. Ich werde es so machen.

"Dankbarkeit? Oh ja! Ich habe von so etwas gehört. Aber das ist eine Verpflichtung, die mit Geld erfüllt werden kann, und ich werde dafür sorgen, dass dies der Fall ist. Hat er mehr für mich getan, als ein Arzt tun sollte? Ich weiß, wie diese Adligen die Dankbarkeit ihrer wohlhabenden Patienten ausnutzen und Rechnungen vorlegen, von denen sie glauben, dass sie aus Scham angenommen werden. Solange die Reichen die Beute der Armen sind, müssen die Armen kein Mitgefühl von den Reichen erwarten. Ich kenne die Macht des Geldes, um Besuche aller Art zu sichern, und ich kann sehen, wie sich seine Macht jetzt manifestiert.

„Diesem Mann scheint es völlig an männlichen Qualitäten zu fehlen. Zur Veranschaulichung: Neulich, als er dachte, ich wäre ins Lesen versunken – ich muss sagen, dass er einen ausgezeichneten Büchergeschmack hat –, bemerkte ich, dass Tränen über seine Wangen liefen, während er vor dem Feuer las. Ich erkannte an der Einteilung des Buches, als er es aufschlug, die ungefähre Stelle, an der er las. Danach bat ich ihn um das Buch und stellte fest, dass es sich an einer Stelle, an der die Blätter voller Tränen waren, leicht öffnen ließ. Es war die albernste Geschichte, die man sich vorstellen kann – eine törichte Geschichte von wahren Liebenden, die durch gegenseitige Missachtung getrennt wurden und an gebrochenem Herzen starben! Stellen Sie sich einen erwachsenen Mann vor, der über solch einen Unsinn weint!

„Hier ist ein seltsamer Umstand, den ich bemerkt und über den ich mich gewundert habe: In keinem einzigen von Dr. Malbones Büchern erscheint sein Name; und es ist offensichtlich, dass er es überall dort, wo es auftauchte, gelöscht hat. Es gibt vielleicht einfache Möglichkeiten, dies zu erklären, aber für mich sieht es verdächtig aus. Ist es Teil des Geheimnisses eines raffinierten und geschickten Arztes, der sich in diesen Bergen vergräbt – ich glaube, versteckt –? Ich erinnere mich, dass ich an den Seen gehört habe, dass er, wenn er es vermeiden konnte, niemals die Stadtbewohner besuchte, die hier den Sommer verbrachten. Ich weiß sicherlich, dass er sich geweigert hat, mich zu besuchen, und dass er mir außerdem eine beleidigende Nachricht geschickt hat. Was ist der Grund? Kennt er mehr oder weniger Leute aus der besseren Klasse und hat er Angst davor, jemanden zu treffen, den er vielleicht kannte, als er woanders lebte und unter einem anderen Namen lebte? Die Bewohner dieser Berge verehren ihn und glauben, dass seine Fähigkeiten allmächtig sind. Nun, ich habe nichts gegen seine Fähigkeiten zu sagen, denn er hat meinen Fall mit Sicherheit perfekt behandelt; aber wenn diese einfachen und unwissenden Bergbewohner ihn in der Vertraulichkeit sehen würden, in der ich ihn kenne, und entdecken würden, was für ein kalter, misstrauischer, schwacher, kleinlicher Mann er ist, würden sie meiner Meinung nach ihre Meinung über ihn ändern.

„Im letzten Monat ist er immer häufiger durch die Hintertür gegangen. Was hat er da zu suchen? Wenn ich nicht das Gefühl hätte, dass ich ihm, so wenig er mir auch vertraut, bis ans Ende der Welt vertrauen könnte, hätte ich Angst um meine eigene Sicherheit. Aber ich bin fest davon überzeugt, dass die Aussicht, eine großzügige Gebühr zu kassieren, um mich sicher meinem Vater zurückzugeben, ein ausreichender Schutz ist, ganz zu schweigen von dem Vertrauen, das ich in das seltsame Ehrgefühl dieses Mannes habe. Er behandelt mich, als ob ich eine Königin wäre, und stellt sich selbst als meinen bescheidensten Untertanen dar, der an mein kleinstes Wort hängt – bis zu einem gewissen Punkt. Darüber hinaus bin ich verwirrt.

„Oh, mein Vater, mein Vater! Es gibt keinen Mann auf der Welt wie dich, niemand, der mich kennt, der mich so liebt wie du! Wenn du nur wüsstest, wie sehr sich mein Herz jeden Moment nach dir sehnt! Warum konnte dieser Mann nicht die geringste Ihrer Qualitäten haben – Ihren eisernen Willen, Ihre Verachtung der schwachen Dinge in der menschlichen Natur, Ihre dominierende, erreichende Macht? Wenn ich diesen Mann mit Ihnen vergleiche, finde ich ihn so klein, so kleinmütig, so anders als der Standard der Männlichkeit, den du mir vorgegeben hast, so anders als ich, so unendlich weit von mir entfernt. Es ist gut, dass es so ist, aber es macht mich unaussprechlich einsam. Ich wäre lieber allein in der Wüste als mit dieser seltsamen Fata Morgana eines Mannes, diesem Mann mit einer unendlichen Fähigkeit für die kleinen Dinge, zu denen nur kleine Frauen geeignet sind. Er quält mich mit seiner Güte, seiner Selbstaufopferung mir gegenüber, indem er mir das Gefühl gibt, dass er nur lebt, um es mir bequem zu machen und mich wieder gesund zu machen. Wo bist du, mein Vater? Ich weiß, dass du zu mir kommen wirst, wenn du kannst. So viel weiß ich, ich weiß! Komm, Vater, und hol mich aus diesem schrecklichen Gefängnis!...

„Ich denke, es ist mir bemerkenswert gut gelungen, so geduldig zu sein wie bisher. Dieses schreckliche Essen reicht aus , um eine gesunde Frau zu töten: Fleisch und Gemüse aus der Dose, alles aus der Dose und kaum Mehl, dafür aber Meereskekse! Natürlich tut mein armer Sklave sein Bestes, die Dinge so zuzubereiten, dass ich sie essen kann, denn er scheint zu erkennen, dass ich ein Mensch bin ...

„Ich bin entschlossen, diesen Mann mit seiner Zunge bekannt zu machen. Die Einsamkeit, die ich fühle, ist unerträglich. Er muss genauso einsam sein wie ich, und wahrscheinlich ist er wie ich zu stolz, um ein Zeichen zu machen. Natürlich redet er jetzt mit mir, wenn ich ihn mache, aber über Dinge in Asien oder Afrika, von denen ich sicher bin, dass sie für ihn genauso langweilig sind wie für mich. Ich bin mir sicher, dass er diese Distanz wahrt, nur um seine Geschichte und seinen wahren Charakter zu wahren und um mich in einer Position zu halten, in der es für mich unmöglich sein wird, herauszufinden, was auf der anderen Seite dieser Tür vor sich geht. Ich werde mit ihm über mich selbst reden; das wird ihn zwingen, über sich selbst zu sprechen. Ich kann diese Isolation nicht ertragen. Es ist unmenschlich. Und ich habe keine Befürchtungen, dass er es annehmen wird. Sie sind vor langer Zeit verstorben.

„Ich muss derzeit nur noch zwei Dinge aufnehmen. Das eine ist, dass mein Gastgeber immer dünner und hohläugiger wird, und das andere ist, dass ich in letzter Zeit mehrmals davon geträumt habe, die seltsamste und süßeste Musik zu hören. Es klang wie das Geigenspiel einer Meisterhand. Ich konnte nicht feststellen, ob ich wirklich geträumt habe. Eine Besonderheit in diesem Zusammenhang ist, dass er nicht da war, als ich ihn neulich Nacht auf seinen Teppichen vor dem Feuer suchte, nachdem ich die Musik gehört oder geträumt hatte, sie zu hören. Ich versuchte, wach zu bleiben, bis er zurückkam, denn ich fragte mich, wo er mitten in der Nacht sein könnte, während der Schnee bis zum Dach des Hauses reichte und draußen ein fürchterlicher kalter Sturm wehte, und ich fühlte mich einsam und unwohl. Aber ich ging schlafen, bevor er zurückkam. Ich habe jedoch keinen Zweifel daran, dass er sich auf der anderen Seite der Hintertür befand.“

Damit sind vorerst die Auszüge aus dem Tagebuch der Dame beendet.

KAPITEL SIEBEN

Die Patientin hatte sich so weit erholt, dass sie im Bett liegen konnte, wo sie die stümperhafte Arbeit ihres unerfahrenen Friseurs wieder in Ordnung brachte und ihr prächtiges Haar zu einem passenden Schmuckstück ihrer Schönheit machte. Sie war blass, und ihre Wangen hatten die Rundung und ihre Augen den Glanz verloren, den sie gewohnt waren. Aber sie gewann das Fleisch zurück, das sie verloren hatte, und den Glanz ihres Geistes, den ihre Leiden getrübt hatten; und ihre Blässe milderte und verfeinerte nur eine Schönheit, die bei ihrer Gesundheit wahrscheinlich etwas zu auffällig gewesen war.

Etwas noch Besseres war erreicht worden. Es war nicht vorstellbar, dass ihr starker und rebellischer Geist jemals anderen als den gewöhnlichen Zwängen eines konventionellen Lebens ausgesetzt gewesen wäre. Sie hatte den gesunden Menschenverstand entwickelt, das Beste aus ihrer gegenwärtigen unangenehmen Situation zu machen, und den Willen, die Strapazen zu ertragen. In den Augen ihres Gastgebers verschaffte ihr die Überlegenheit ihres Charakters Bewunderung, die er ihr einfach und unbewusst entgegenbrachte, ohne Rücksicht auf ihr Geschlecht und ihre Schönheit. Ihre scharfe Einsicht hatte ihr diese Bewunderung mitgeteilt, und ihr Geist schmerzte unter diesem Charakter. Eines Tages sagte sie: –

„Es kommt mir seltsam vor, Dr. Malbone , dass Sie sich nie für mein früheres Leben interessiert haben."

Er sah sie schnell und neugierig an und antwortete etwas unbeholfen:

„Ich wollte nicht stören, Miss Andros."

„Wäre das ein Eindringen gewesen? Daran hatte ich nicht gedacht."

„Sie müssen wissen, dass ich mich für alles interessiere, was Sie betrifft." Er sagte das bereitwillig, einfach und natürlich, und sie fragte sich, ob er es ernst meinte.

„Natürlich", fuhr sie fort, „bedeutet fehlende Kameradschaft zwischen uns gegenseitiges Misstrauen." Es handelte sich um einen scharfen Stoß, der ihn unbewacht traf. Dann sah sie, dass sie am Anfang zu weit gegangen war; und dieser Eindruck wurde bestätigt, als er nach einer Pause bemerkte:

„Sie und ich sind in einer seltsamen Lage. Ich wusste, dass Ihnen die Konventionen der vornehmsten Menschen viel bedeuten, und ich habe lediglich Ihre natürliche und angemessene Wertschätzung ihnen gegenüber respektiert. Unter diesen Umständen war es mir nicht möglich, den ersten Versuch zu unternehmen, freundlich zu sein, wenn Sie den Ausdruck erlauben."

Sie lächelte, aber die Männlichkeit der Zurechtweisung und ihre völlige Gerechtigkeit ließen sie insgeheim verärgern. Sie war entschlossen, sich perfekt zu beherrschen, denn jetzt bewegte sie ein ernstes Ziel, und sie ließ sich nicht davon abhalten.

„Das ist jetzt alles Vergangenheit", sagte sie. „Ich habe Sie als einen Mann mit höchstem Ehrgefühl kennengelernt, stolz, zurückhaltend und aufopferungsvoll. Es wäre keinem anderen Mann möglich gewesen, eine Frau so zu behandeln, wie Sie mich behandelt haben. Nein, unterbrich mich nicht. In dem, was ich sage, steckt nichts als gesunder Menschenverstand und einfache Gerechtigkeit, und wenn Sie es nicht zulassen, dass ich es sage, werden Sie hart und grausam sein. Nach allem, was Sie für mich getan haben, ist es mein Recht, Ihnen zu sagen, was ich darüber denke."

Er sah so verlegen und elend aus, dass sie schallend lachte; und die Musik dieser seltenen Note erklang in seinem Herzen; denn es war kein grausames Lachen, sondern fröhlich und herzlich, wie man über das komische Unbehagen eines Freundes lachen würde; und als solches erfüllte es seinen Zweck.

So wurde das Eis, das die Hütte gefüllt hatte, endlich in gewissem Maße gebrochen, und dies linderte sofort die Düsterkeit und Kälte der darin gefangenen elenden Leben.

Von diesem Anfang an tauchte die Rekonvaleszentin leicht und anmutig in die Darstellung ihrer Welt voller Reichtum, Vergnügen und Mode ein. Sie erkannte, dass sie zunächst ihr eigenes Leben öffnen musste, bevor sie von ihrem Gastgeber erwarten konnte, dass er ihr einen Einblick in sein Leben und in die näheren und fremden Dinge gewährte, die auf sie einwirkten. Ihre Stimme war sanft und musikalisch. Sie beschäftigte sich besonders mit der leichteren und modischeren Seite ihres Lebens, weil sie glaubte, dass der Takt und die Raffinesse des Mannes, der so gut und doch so still zuhörte, aus einem solchen Leben stammten und dass er sich bewusst davon zurückgezogen hatte.

Von diesem Tag an verlief alles reibungsloser. Aber die junge Frau war schließlich gezwungen, ihre Niederlage zu akzeptieren – sie hatte ihr eigenes einfaches, leeres Leben eröffnet, aber keinen Einblick in sein Leben erhalten. Und sie erkannte außerdem, dass alle Fortschritte auf dem Weg zu einer freundschaftlicheren Verständigung von ihr und nicht von ihm gemacht worden waren; dass sein Verhalten ihr gegenüber, mit all seiner unermüdlichen Wachsamkeit, seiner endlosen Fürsorge, seiner völligen Auslöschung jedes selbstsüchtigen Gedankens, seiner undurchdringlichen Zurückhaltung, sich nicht im Geringsten verändert hatte. Dann erfüllte sie ein bitterer Groll, und sie hasste ihn und beschloss, ihn zu foltern.

Er war nicht so vorsichtig gewesen, bis sie eine verwundbare Stelle in seinem Kettenhemd entdeckt hatte. Das war für sie die alberne, sentimentale Seite seines Wesens. Sie hatte ihn durch eine lange Reihe geschickter Schritte, deren Zweck er nicht geahnt hatte, zu dieser Enthüllung verleitet. Mit einer tiefen Wertschätzung für die sanfteren und zarteren Dinge des Lebens hatte sie sich in die Haltung eines Menschen gebracht, der sie schätzt, und ihn so in die Falle geführt. Ihr Gespräch drehte sich um die Liebe, und er öffnete sein Herz und zeigte all seine törichte Schwäche.

„Kann es etwas Heiligeres geben", fragte er herzlich, „als die Liebe von Männern und Frauen? Gibt es etwas, gegen das Kleinigkeiten abstoßender sein sollten ? Der Mann, der eine Frau mit allem liebt, was ihn zu einem Mann macht, hat das in seine Seele aufgenommen, was bis zum Ende aller Dinge mit ihm seine läuternde und erhebende Kraft sein wird; und so edel das auch ist, die Liebe einer Frau zu einem Mann, der sie liebt, übertrifft sie unvorstellbar und ist der wahrste Schimmer himmlischen Glanzes im menschlichen Leben."

Es blieb ihm erspart, die amüsierte und verächtliche Locke seiner Lippen zu sehen, die ein von der Welt gezeichnetes Herz verriet; aber er hatte seine Wachsamkeit aufgegeben und seine Strafe würde kommen.

Einige Tage später kam der Schlag. Die Rekonvaleszentin saß nun auf einem Stuhl, auf den ihre stets fürsorgliche Krankenschwester sie gesetzt hatte. Sie war nun bereit zuzuschlagen. Sie würde ihm einen Spiegel seiner selbst vorhalten – eines schwachen, sentimentalen, kleinmütigen Mannes. Glücklicherweise konnte sie aus einer Erfahrung in ihrem eigenen Leben eine Geschichte erzählen, deren lächerlicher Held ihrer Meinung nach ein Mann wie Dr. Malbone gewesen war . Sie würde keine der Regeln der Gastfreundschaft verletzen. Ihr Gastgeber hatte ihr erlaubt, sich in eine demütigende Lage zu begeben, und ihr Wunsch, ihn zu bestrafen, sollte nicht verweigert werden.

Sie hatte das Gespräch auf die Fehler gelenkt, die Männer und Frauen beim Schenken ihrer Zuneigung machen, und bemerkte beiläufig, dass Männer sprichwörtlich dumm seien, wenn es darum ging, die Schönheit von Frauen einzuschätzen. Fast ausnahmslos, erklärte sie, bevorzugten sie Mädchen wegen ihrer Schönheit, ihrer Weichheit, ihrer negativen Eigenschaften, ihrer echten oder vorgetäuschten Hilflosigkeit; und sie fügte hinzu, dass eine Frau von Stärke und wahrem Wert eine Liebe verachten würde, die so billig gewonnen wurde und von ihren Schenkenden so wenig geschätzt wird.

„Aber manche Mädchen", fügte sie hinzu, „sind noch schlimmer als Männer." Im Allgemeinen kann man von einem Mann Dummheit erwarten, von einem Mädchen jedoch nicht immer Torheit. Einmal wurde ich auf einen ziemlich beunruhigenden Fall der Torheit eines Mädchens aufmerksam. Es gab ein Mädchen, das in der Schule meine Klassenkameradin gewesen war. Dort entwickelten wir die mädchenhafte Zuneigung zueinander, die alle Mädchen in diesem Alter haben müssen. Doch der Unterschied zwischen uns war schon damals groß und wurde größer, nachdem wir in die Welt hinausgegangen waren. Sie und ich bewegten uns im selben Kreis. Ihre Eltern waren wohlhabend und sie hatte jede Gelegenheit, das Leben zu sehen und zu lernen und etwas Wertvolles daraus zu machen. Stattdessen zog sie sich immer mehr zurück und fühlte sich immer weniger fit für das Leben, zu dem sie gehörte. Sie war das unpraktischste und romantischste Mädchen, das je gelebt hat. Ihre Freundinnen ließen sie eine nach der anderen fallen. Ich war der letzte, der noch übrig war, und ich tat mein Möglichstes, um in ihren weichen, törichten Kopf etwas Sinn für die Welt zu bringen. Sie lächelte nur, legte ihre Arme um mich und erklärte, sie wisse, dass sie dumm sei, könne aber nichts dagegen tun.

„Sie liebte Musik und Poesie sehr, und schließlich erfuhr ich, dass sie Geigenunterricht bei einem Geigenspieler nahm, der seinen Lebensunterhalt mit Spielen und Unterrichten verdiente. Ich habe ihn nie gesehen, sonst hätte ich vielleicht etwas getan, um das Unheil, das sich zusammenbraute, zu stoppen. Ihre Eltern waren blind für ihre Torheit, aber das ist eine häufige Schwäche von Eltern.

„Seit unserer Schulzeit hatte es zwischen Ada und mir nie einen größeren vertraulichen Austausch gegeben. Ich hätte ihr viel über die Lebensart der Männer erzählen können – wissen Sie", fügte der Erzähler schnell hinzu, „ich war ein sehr guter Beobachter und hatte einige Dinge gelernt, deren Kenntnis für jedes Mädchen von Vorteil ist.". Ich meine, verstehen Sie, über die Liebe. Es sind nur Menschen, die eine dumme Sicht auf dieses Thema haben, die jemals in Schwierigkeiten geraten. Mädchen von Adas Veranlagung haben keinen Sinn; Sie leiden unweigerlich unter einem Mangel an Wahrnehmung und Kraft.

„Obwohl ich nicht viel von ihr gesehen habe, wurde mir endlich klar, dass etwas Ernstes vorgefallen war. Ihre Art wurde sanfter und sanfter, ihr Mitgefühl wurde schärfer und in ihren Augen lag ein Glanz, den eine beobachtende Frau nicht missverstehen kann. Ich war etwas älter als sie, und das verschaffte mir einen Vorteil bei dem Plan, für den ich mich entschied; aber von größerem Vorteil war ihr Vertrauen in mich. Es war notwendig, dass ich ihr volles Vertrauen gewann, denn ich wollte keinen Schritt im Dunkeln wagen, noch einen, der sich als nutzlos erwiesen hätte. Sie werden verstehen, dass ich bei allem, was ich später tat und tun ließ, ausschließlich aus Rücksicht auf ihr Wohlergehen handelte. Ich glaubte, dass sie eine Bindung zu diesem – diesem Geigenspieler – entwickelt hatte, bah! Alles in mir rebelliert, wenn ich daran denke. Hier war ein Mädchen, das hübsch, süß, anmutig war, die Seele des Vertrauens und der Treue, bereit, sich einem unaussprechlichen Geigenspieler hinzugeben! Und es gab überhaupt keine Entschuldigung dafür. Zwanzig Männer verehrten sie – Männer ihres Standes im Leben, Männer von Reichtum, Männer von Kultur, Männer von Stärke und Charakter, Männer von Geburt, Männer von Bedeutung in der Welt. So unglaublich es auch erscheinen mag, sie übertrafen andere Mädchen, die in jeder Hinsicht weitaus fähiger waren, und seufzten für dieses schüchterne Veilchen.

„Ich wusste, dass etwas mit ihrer Weigerung, die Aufmerksamkeit von irgendjemandem anzunehmen, nicht stimmte. Ich wusste, dass ihr angeborener Geschmack, die Vorbilder um sie herum und ihre natürliche Rücksichtnahme auf die Wünsche ihrer Eltern und Freunde sie dazu hätten bewegen sollen, einem Mann, der ihrer würdig war, ihre Zuneigung zu schenken. Ich beschloss, herauszufinden, was dieses Hindernis war; und es geschah ausschließlich zu ihrem eigenen Besten, dass ich das tat. Ich wusste, wenn sie diesen – diesen niederträchtigen Musiker – heiraten würde, würde ihr Leben voller Bitterkeit, Enttäuschung und Bedauern sein. Ich wusste, dass sie sich bald für die Allianz schämen würde. Ich wusste--"

„Woher wusstest du das alles?" kam mit einer Stimme, die so seltsam, so zurückhaltend, so distanziert war, dass sie sich verwundert ihrem Gastgeber zuwandte. Er saß da und blickte in das Feuer, dessen rötlicher Schein die totenähnliche Blässe verbarg, die sich in den letzten Minuten in seinem Gesicht vertieft hatte.

„Woher wusste ich das?" sie antwortete überrascht. „Das ist eine einzigartige Frage von jemandem, der sich dessen genauso gut bewusst sein sollte wie ich."

Er gab keine Antwort, und sie drehte ihren Kopf zum Fenster und sah zu, wie der Schnee die Böschung, die ihr Gastgeber erst vor kurzem weggeräumt hatte, stetig wieder aufbaute.

„Vielleicht", bemerkte sie mit einem leichten Spott, „haben Sie diese Frage gestellt, um mit mir zu streiten, denn ich habe gehört, wie Sie romantische und sentimentale Ansichten zum Thema Liebe geäußert haben." Aber eines bin ich zuversichtlich: Ich weiß, dass Sie ein Mann von Welt waren und dass Sie das Leben und die menschliche Natur verstehen; und ich weiß, dass Männer zwar gerne eine sentimentale Haltung gegenüber der Liebe einnehmen, dies jedoch nur eine Pose ist. Ich werde die Sache nicht mit Ihnen diskutieren. Sie wissen genauso gut wie ich, dass eine solche Heirat ein fataler Fehler gewesen wäre."

Sie sagte dies auf eine harte, nachdrückliche Art und Weise, die ihren Wunsch zum Ausdruck brachte, die Diskussion zu beenden. Dann fuhr sie mit ihrer Geschichte fort.

„Ich habe ihr Vertrauen gewonnen, indem ich mein Mitgefühl für sie geäußert und ihren Standpunkt übernommen habe – ich meine, indem ich ihn vorhergesehen habe, denn sie war zu zurückhaltend, um ihn preiszugeben. Der arme kleine Idiot ist in die Falle getappt. Sie hatte ihr Geheimnis schon seit Monaten mit sich herumgetragen, und die Last, die es mit sich brachte, erschöpfte sie. Wissen Sie, eine solche Natur muss Mitgefühl haben, muss jemanden haben , der zuhört, muss einen Vertrauten haben. Sie hatte es nicht gewagt, ihren Eltern zu vertrauen, denn sie wusste, dass sie ihrer Torheit ein Ende bereiten würden. Als sie, wie sie glaubte, feststellte, dass ich in vollem Mitgefühl mit ihr war, öffnete sie ihr armes, törichtes Herz völlig. Und was meinst du, was sie tun würde?“

Sie drehte sich zu ihrem Gastgeber um, als sie die Frage stellte, und stellte fest, dass er immer noch regungslos dasaß und ins Feuer blickte. Er schien sie nicht gehört zu haben, denn er gab keine Antwort; und sein steinernes Schweigen und seine Stille lösten in ihr ein seltsames Gefühl aus, das sie vielleicht noch mehr belastet hätte, wenn sie sich nicht so sehr für ihre Erzählung interessiert und mit ihrem Anteil an den Geschehnissen so zufrieden gewesen wäre. Sie richtete ihren Blick erneut auf das Fenster und fuhr fort:

„Sie hatte beschlossen, mit diesem vulgären Geiger durchzubrennen. Es fehlte nur eines : Er hatte sie nicht gefragt; aber sie glaubte, dass er sie von ganzem Herzen liebte und dass er mit sich selbst stritt, um zu entscheiden, ob es richtig wäre, ihr etwas so Skandalöses anzutun. Sie und er erkannten beide, dass es mehr als sinnlos wäre, wenn er ihre Eltern um sie bitten würde. Sie sagte zu mir: „Er befürchtet, dass ich in der Armut unglücklich sein werde, die mir bevorsteht, wenn wir weggehen und heiraten.“ Er befürchtet, dass ich den Luxus vermissen würde, an den ich gewöhnt war. Er befürchtet, dass meine Freunde denken, er hätte mich wegen meines Vermögens geheiratet. Er hat so viele Ängste, und sie gelten alle für mich. Dennoch weiß ich, dass er freudig sein Leben für mich hingeben würde. „Es gab noch nie einen Mann, der so selbstlos, so großzügig und so bereit war, sich für andere zu opfern.“

„Ich konnte mir das Lachen kaum verkneifen, während das arme Kind mir diesen ganzen Blödsinn erzählte. Bevor ich harte Maßnahmen ergriff, um ihre törichten Absichten einzudämmen, griff ich zu milderen Mitteln. Obwohl ich weiterhin mitfühlend war, sagte ich dennoch sehr viele Dinge, die sie zum Nachdenken gebracht hätten, wenn sie vernünftig gewesen wäre. Ich gab ihr so vorsichtig wie möglich zu verstehen (denn ich achtete darauf, keinen Groll oder Starrsinn in ihr zu erregen), dass ihr Geliebter zweifellos ein wertloser Kerl war, wie es bei Leuten seiner Klasse der Fall ist; dass er einen schwachen Charakter und eine lockere Moral hatte; dass er lediglich ein schlauer Abenteurer war, der geschickt mit ihrer Unschuld und ihrem Selbstvertrauen spielte und darauf bedacht war, sein mühsames Leben auf ihre Kosten für ein entspanntes Leben zu verlassen. Ich verglich ihre Stellung als seine Frau mit der als Frau eines Mannes in ihrem eigenen Bereich.

„Das Problem war, dass ihr die Position, die sie innehatte, egal war. Sie hat es ehrlich geglaubt, armer Idiot! dass sie sowohl arm als auch reich glücklich sein könnte. Aber das größte Hindernis war ihre Leidenschaft für den Mann und ihr Glaube, dass er feiner und besser sei als die Männer ihres Standes. Sie war verträumt und romantisch, und deshalb idealisierte sie diesen fiedernden Niemand. Je mehr sie mir von seiner Sanftheit, seiner Vornehmheit, seiner Selbstlosigkeit und seiner poetischen Natur erzählte, desto mehr erkannte ich, dass ihm die herausragenden Qualitäten der Männlichkeit fehlten, desto mehr wurde mir klar, dass er ihre Schwächen sorgfältig studiert hatte und sie ausnutzte sie mit dem ganzen skrupellosen Können seiner Spezies. Sie flehte mich an, ihn kennenzulernen, ihn kennenzulernen, ihn zu studieren. Das kam natürlich nicht in Frage. Sie sei sicher, sagte sie, dass ich ihn ebenso bewundern und respektieren würde wie sie. Ich lehnte es entschieden ab, ihn zu sehen. Ich habe sogar seinen Namen vergessen.“

Es gab eine Pause in der Erzählung. Der junge Mann war so still, dass sein Gast sich zu ihm umsah und feststellte, dass sein Blick auf sie gerichtet war. Sie zuckte zusammen, denn sie erkannte, dass darin etwas Verschleiertes lag, das sie nicht verstand und das sie einen Moment lang mit Unbehagen erfüllte. Er blickte schnell und wortlos erneut auf das Feuer.

KAPITEL ACHT

Die Rekonvaleszentin schob die vorübergehende Depression beiseite, die der seltsame Gesichtsausdruck ihres Gastgebers bei ihr hervorgerufen hatte, und ging weiter.

„ Endlich wurde mir klar, dass alle sanften Maßnahmen nutzlos wären. Ich wusste, dass jederzeit etwas Schreckliches passieren konnte, und ich war entschlossen, meine alte Schulkameradin vor der Schande und dem Kummer zu bewahren, die sie heraufbeschwor. Ohne sie direkt zu ermutigen, so weiterzumachen, wie sie begonnen hatte, gab ich ihr zu verstehen, dass sie immer auf meine Freundschaft angewiesen sein würde. Dann machte ich mich an die ernsthafte Arbeit, die ich erledigen musste."

Es entstand eine weitere lange Pause.

"Also?" sagte ihr Gastgeber etwas barsch und ungeduldig; und dieser Wechsel von seiner gewohnten Sanftmut löste bei ihr ein flüchtiges Staunen aus. Dann sah sie, dass sie ihm weh tat. Sie hatte auf dieses Zeichen gewartet.

„Ich wusste, dass es eine leichte Aufgabe sein würde, meinen Witz mit dem eines sentimentalen, intriganten Geigers und eines dummen Mädchens in Einklang zu bringen. Ich brauche nicht alle Einzelheiten des Plans zu nennen, den ich ausgeführt habe. Es ging lediglich darum, ihm eine vorübergehende Verlobung an einem anderen Ort zu verschaffen und ihr in seiner Abwesenheit einen Beweis seiner Treulosigkeit vorzulegen. Ich kannte sie beide gut genug, um vorauszusehen, dass sie ihm niemals sagen würde , was sie gehört hatte, dass sie ihn einfach in die Irre führen und erwarten würde, dass er eine Erklärung abgibt, wenn er unschuldig ist, und dass er zu beschämt sein würde, etwas zu verlangen eine Erklärung von ihr oder machen Sie selbst eine. Es bestand keine Gefahr, dass er einen Weg eröffnen würde, die von mir vorgelegten Beweise zu widerlegen oder gar zu leugnen.

„Das alles, verstehen Sie, habe ich mit größter Sorgfalt getan. Der Plan funktionierte perfekt. Sie haben sich nie wieder gesehen."

Wilder drehte sich um und sah ihr direkt ins Gesicht. Es war die Art und Weise, wie er es tat, die ihre Aufmerksamkeit schärfte, denn es war ein Blick, in dem sie eher einen Befehl spürte als sah.

„Was ist aus ihnen geworden?" fragte er leise, aber sie hatte das Gefühl, dass die Frage einer Antwort bedurfte.

„Oh", antwortete sie, ihre Gleichgültigkeit verschleierte ihre Entschlossenheit, die Kontrolle über die Situation zu behalten, „der vagabundierende Geiger wurde nie wieder gesehen." Was Ada betrifft – aber das war unendlich besser, als ein Leben voller Elend geführt zu haben –"

„Was Ada betrifft?"

„Sie war in einem Monat tot" – dies mit harter und trotziger Art.

Der junge Mann erhob sich von seinem Stuhl, den er ungeschickt umwarf. Auf seltsam unsichere, stolpernde Weise ging er zur Haustür und tastete wie blind nach der Klinke. Dann änderte er seine Meinung und ging zur Hintertür; Aber welches Ziel er auch immer verfolgte, es wurde dadurch unterbrochen, dass er einen kleinen Tisch umwarf und die darauf liegenden Bücher und anderen Gegenstände klappernd auf den Boden fallen ließen. Offensichtlich erschrocken und verwirrt über den Lärm und seine eigene Ungeschicklichkeit – wenn auch kaum mehr als die junge Frau, die ihn erstaunt beobachtete – richtete er mühsam den Tisch auf und begann, die Gegenstände aufzuheben, die davon gefallen waren. Anstatt sie jedoch wieder auf den Tisch zu legen, legte er sie auf das Bett. Sein Gesicht war bläulich, seine Augen lagen beängstigend tief im Schädel, und er schien plötzlich alt und faltig geworden zu sein. Seine Hände zitterten und die Schwäche überkam ihn so sehr, dass er sich auf die Bettkante setzte.

Dieser Zustand verging schnell, und der junge Mann sah seinen Gast an, der gezwungen war, seinen Stuhl mühsam umzudrehen, um ihn zu beobachten; und als er den verwirrten und verzweifelten Ausdruck in ihrem Gesicht sah – er sah nichts von der Befriedigung und dem Triumph, die ihr Kummer teilweise verdeckte –, lächelte er schwach und stand entschlossen auf. „Es muss ein Schwindelanfall gewesen sein", erklärte er schwach. Aber er blickte sie weiterhin so fest und durchdringend an, dass ihr Unbehagen zunahm. Hatte sie die Folter an ihm zu weit getrieben? Na ja, am Ende würde es ihm guttun!

„Und jetzt", sagte er mit immer stärkerer und festerer Stimme, „erzähle ich *dir* eine Geschichte." Er stand direkt vor ihr und blickte ihr ins Gesicht. „Eines Tages, gerade nachdem ein großer Kummer über mich gekommen war, schlenderte ich am Ufer von San Francisco entlang und setzte mich auf ein Stück Holz am Ende eines Piers. Ich hatte nicht bemerkt, dass eine Reihe grob aussehender junger Männer neben mir saßen, bis einer von ihnen im Verlauf des Gesprächs, das sie führten, sagte: „Ja, aber ich liebte sie!" Es war die Art, wie er es sagte, die meine Aufmerksamkeit erregte. Seinem Aussehen nach schloss ich, dass er ein Arbeiter war, vielleicht ein Stauer; Aber in seiner Stimme lag etwas, das angeschlagenen Männern in allen Gesellschaftsschichten zu eigen ist. Einer seiner Begleiter sagte: „Unsinn, Frank; „Es gibt genauso gute Fische im Meer, wie jemals dort gefangen wurde." Aber Frank schüttelte den Kopf und sagte: „Nichts für mich." Die anderen sagten nichts und nach einer Weile wiederholte Frank: „Nichts für mich." Hast du das jemals von einem Mann sagen hören?"

Wilders Stimme, die immer lauter geworden war, sank plötzlich fast zu einem Flüstern, als er seinem Gast diese Frage stellte. Die Falten in seinem Gesicht vertieften sich, und sein Blick hatte eine Schärfe und Durchdringung, der die junge Frau nur schwer begegnen konnte, ohne zusammenzuzucken.

„Dann", fuhr Wilder fort, „machte ein anderer seiner Gefährten, der ihm die Torheit seines Kummers zeigen wollte, einige Bemerkungen über die Frau, die ich nicht wiederholen kann." Frank antwortete ohne Zorn: „Sag das nicht, Joe, du meinst es gut, aber sag es nicht." Sie war die Frau, die ich liebte. Jeden Abend, wenn ich das Licht ausmache, um zu Bett zu gehen, sehe ich sie im Zimmer; und wenn ich durch dunkle Straßen gehe, denke ich, dass sie mit mir geht. Ich liebte diese Frau; und jetzt weiß ich nicht, was ich tun soll. Denn sie ist tot, Jungs, sie ist tot; und bei Gott! Sie haben sie getötet.'"

Wilder schaute immer noch in das Gesicht seines Gastes, als er schloss, und sie hatte in sein Gesicht aufgeblickt; doch als er mit zitternder Stimme den letzten Satz sprach, fiel ihr Blick zu Boden. Nach einer Pause sprach er erneut, und seine Stimme war voll, rund und leidenschaftlich.

„Sie haben sie getötet, meine Dame, wie sie viele andere getötet haben. Wie es dazu kam, dass sie die Frau töteten, deren Tod das Leben dieses rauen Mannes mit Trauer und Verzweiflung erfüllt hatte, weiß ich nicht. Aber sie haben sie getötet. Eine mörderische menschliche Hand machte einen Plan zunichte, den der Allmächtige selbst geplant hatte. Ich wünschte, ihr hättet ihn sagen hören: „Sie ist tot, Jungs, sie ist tot; und bei Gott! Sie haben sie getötet.' Der Klang seiner Qual hätte das Herz gefunden, dessen Herzschlag mehr tun sollte, als dich am Leben zu erhalten. Wissen Sie, was Mord ist? Kennen Sie den Unterschied zwischen dem groben, dummen, brutalen Mord, der bei der Befriedigung seiner rohen Blutgier seinen dicken Hals ins Halfter steckt, und dem feineren, raffinierteren, unendlich grausameren Mord, der mit quälender Grausamkeit tötet und so den Galgen überlistet? ? Der Blutmörder ist ein armer Narr, kleinwüchsig im Geiste und verkrüppelt in der Seele. Vielleicht bekommt er seine volle Strafe, wenn das Gesetz seinen nutzlosen Hals in die Länge zieht. Sondern der Mörder, der mit seinem Töten das Gesetz überlistet, der die Unschuldigen, Ahnungslosen und Vertrauenslosen ermordet, der die Freundschaft zum Kelch macht, aus dem das Gift getrunken wird, der die verwerflichsten Lügen und Verrätereien anwendet, der gelassen den zunehmenden Qualen seines Opfers zusieht Während das Gift langsam seine Wirkung entfaltet, welche Strafe kann Ihrer Meinung nach einen solchen Mörder treffen?"

Die Stimme des jungen Mannes war laut, rau und bedrohlich geworden. Heftige Gefühle erregten ihn. Sein ganzer schlanker Körper schien sich vergrößert zu haben. Sein Gesicht war gerötet, seine Augen leuchteten, seine

Finger griffen nach unsichtbaren Dingen, sein gesamtes Aussehen war bedrohlich. Sein Gast blickte voller Ehrfurcht und Angst zu ihm ins Gesicht.

„Und von wem wird ein solcher Mord begangen?" er weinte. „Es wird von jemandem getan, der mit einer frischen und vollständigen Seele aus den Händen des Schöpfers auf die Welt kommt, sich bewusst vom Weg der Natur und des Gottes der Natur abwendet und die Eigenschaften zerstört, die unsere einzige Verbindung mit dem Himmel und unsere einzige Verbindung bilden." Die Hoffnung auf Unsterblichkeit drosselt alles, was nützlich sein könnte, um Licht und Stärke in das Leben anderer zu bringen, und stellt in schamloser Missachtung des manifesten Willens des Allmächtigen falsche Götter zur Anbetung auf, opfert Selbstachtung für Selbstliebe und verbannt die Essenz von Leben und klammert sich an die Schlacken und suhlt sich wie Schweine in einem von ihm selbst geschaffenen Sumpf. Der Blutmörder ist unendlich viel besser. Er hat zumindest ein menschliches Herz in seiner ganzen wilden Majestät.

„Und wofür wird so ein Mord begangen? Es geht von einer verkleinerten, verzerrten Seele aus, die ihr Besitzer absichtlich, bewusst und intelligent so gemacht hat. Sein Zweck besteht darin, den einen Hauch von Schönheit, Süße und Reinheit zu zerstören, der uns den Engeln ähnlich macht. Es sieht eine exquisite Blume; Diese Blume muss gepflückt werden, sonst würde ihre Schönheit gedeihen und ihr Schicksal erfüllt werden. Es findet Liebe in ihrer reinsten, edelsten und selbstlosesten Form zwischen zwei Menschen, die Gott füreinander geschaffen hat, um seinen eigenen unergründlichen Plan zu erfüllen, und durch Lügen und Verrat tötet er den einen und zerstört das Glück des anderen. Welche Strafe, meine Dame, ist für einen solchen Mord angemessen? Die Hände des Gesetzes würden befleckt, wenn ein Mörder erwürgt würde, der so niederträchtig, so feige, so unendlich niedriger und gemeiner als die niedrigsten Tiere und der Ehre des Galgenbaums so völlig unwürdig ist. Es kann nur eine angemessene Strafe geben, und nur die Allmacht könnte eine Hölle erfinden, die dafür ausreicht. Und je früher diese Strafe kommt, desto eher wird die Rache Gottes befriedigt. Welche höhere Pflicht könnte auf einem Sterblichen ruhen, der in Ehrfurcht und Ehrfurcht vor dem Gesetz seines Schöpfers steht, als das Gesetz in Kraft zu setzen?"

In der Bestürzung und dem Schrecken, die jetzt ihre Seele erfüllten, konnte die Frau weder die Bedeutung dieser Drohung noch den Wahnsinn, der ihr Kraft verleihen würde, missverstehen. Eine betäubende Angst, das Gefühl, in ein bodenloses Fass zu versinken, belastete alle ihre Fähigkeiten. In hoffnungsloser Benommenheit saß sie da, in sprachloser Angst vor dem Schlag, den sie spüren musste. Zu ihrer benommenen Aufmerksamkeit stand der Rächer selbst vor ihr, voller Schrecken vor der wütenden Gerechtigkeit, losgelöst von ihrer Leine und stürzte sich kopfüber und unwiderstehlich nach vorne, um seine Rache zu befriedigen. Sie hätte nie gedacht, dass ein

Sterblicher einer so schrecklichen Sache wie diesem Mann gegenübertreten könnte, der sie, nachdem er sie aus dem Tod geholt und sie mit unendlicher Geduld, Sanftmut und Selbstlosigkeit wieder zu Gesundheit und Stärke gepflegt hatte, nun als Richter fungierte Henkerin ihrer nackten, zitternden, verurteilten Seele. Mit angespanntem Blick und geöffneten Lippen blickte sie sprachlos und regungslos in sein Gesicht. und für sie erfüllten seine leuchtenden Augen und sein angespannter Körper die ganze Welt mit Rache, Verachtung und Tod.

„Frau", rief er, „ob es sich um Mord oder Gerechtigkeit handelt, dein Tod würde einen berüchtigten Makel vom Angesicht dieser schönen Welt entfernen." Wenn Sie können, schließen Sie Frieden mit Gott, denn ich werde Ihre verdammte schwarze Seele dorthin schicken, wo sie keinen weiteren Schaden anrichten kann. Mit unermesslichem Hass und unendlichem Abscheu werde ich dich töten."

Er umklammerte ihre Schulter und der heiße, eiserne Griff seiner Finger riss ihre Haut auf. Er drückte sein Gesicht dicht an ihres, und sie hörte das Knirschen seiner Zähne, die auf seinen geöffneten Lippen wie die Reißzähne eines wahnsinnigen Tieres wirkten.

„Du Viper!" er weinte; „Du hast kein Recht auf Leben!"

Sie sah, wie seine freie Hand nach ihrer Kehle suchte. Dann wurden ihre Energien freigesetzt. Sie warf den Kopf zurück und schrie mit aller Kraft :

"Vater! Vater! Hilf mir! Rette mich!" Der junge Mann machte einen Satz zurück, umklammerte seinen Kopf mit beiden Händen und sah sich wild und ängstlich um.

"Was war das?" fragte er atemlos. "Hast du gehört? Die Wölfe kommen herunter. Das war das Heulen der Wölfin!" Benommen fand er den Weg zur Hintertür, öffnete sie, wurde ohnmächtig und verriegelte sie hinter sich.

KAPITEL NEUN

WEITERE Auszüge aus dem Tagebuch der Dame:

„Ich kann nie einen Eintrag in meinem Tagebuch beginnen, ohne dass diese schreckliche Szene zwischen mich und diese Seiten gerät. Oh, es war schrecklich, schrecklich, unvorstellbar! Ich kann nicht glauben, dass es die Angst vor dem Tod war, die mich so sehr erschreckte und, wie ich weiß, eine alte Frau aus mir gemacht hat, nachdem ich in den Wochen, die seit diesem Ereignis vergangen sind, immer wieder darüber nachgedacht habe. Nein, das kann nicht gewesen sein. Es war die Angst davor, mit dieser schrecklichen Verurteilung über mich zu gehen. War es einfach? War es wahr?

„Er scheint sich endlich von der alarmierenden Depression erholt zu haben, die auf seinen Ausbruch folgte, und das gibt mir Zeit zum Nachdenken, Zeit, mich an viele Umstände zu erinnern, die ich in meiner Blindheit, meiner unglaublichen Blindheit und Dummheit, übersehen hatte. Ich berücksichtige die schreckliche Belastung, unter der er so lange gelitten hatte. Er ist ein zarter, gut organisierter Mann und hatte mehr zu tun und zu ertragen, als ein Dutzend starker Männer so gut und geduldig getan und ertragen hätten.

„Da war seine Sorge um meine Genesung. Dann waren da noch die endlosen Pflichten, auf mich zu warten und an die tausenden kleinen Dinge zu denken, an die gedacht und getan werden musste und die er nie vergaß oder vernachlässigte. Er hat für mich gekocht, meine Wäsche gewaschen — alles, was für einen Mann schwer und geschmacklos war. Hinzu kam seine ständige Angst wegen des Schnees; und es ist den ganzen Winter über mit den zunehmenden Gefahren und Unannehmlichkeiten täglich gewachsen; und zu seiner Sorge kam noch die schwere, für ihn viel zu schwere körperliche Arbeit hinzu, die er verrichten musste, um zu verhindern, dass unsere Hütte begraben und wir selbst nicht erstickt werden. Und schließlich war es für ihn eine ständige Belastung durch die enge Gefangenschaft mit mir, von der ich weiß, dass er jetzt eine äußerste Abneigung empfinden muss.

„Ich bin auch davon überzeugt, dass er Ängste hat, die er mir verheimlicht. Dass sie mit etwas verbunden sind, zu dem sich die Hintertür öffnet, daran habe ich keinen Zweifel. Für meine Annahme gibt es mehrere Gründe. Mir geht es jetzt fast so gut, dass ich mich fortbewegen und ihm helfen könnte, wenn er mir nur eine Krücke machen würde, worum ich ihn oft gebeten habe; Aber er hat mich immer abgeschreckt und gesagt, dass es zu früh für eine Krücke sei, dass mein Wunsch, nützlich zu sein, mir einen schweren Rückschlag verschaffen würde, weil er mich übertreiben würde, und dass das Wichtigste für uns beide die Rückkehr meiner Krücke sei Ich werde meine

Kräfte so schnell wie möglich aufbringen und unsere Flucht auf Schneeschuhen ankündigen, sobald ich wieder laufen kann. Es hat sich alles sehr plausibel angehört, aber mir scheint, dass der gesunde Menschenverstand mir nahe legen würde, ein wenig Übung zu machen. Obwohl ich mein Fleisch wiedererlangt habe, bin ich schwach wie ein Kleinkind. Da ich weiß, dass er ein guter Arzt ist, bezweifle ich, dass er es mit der Krücke ernst meint. Ich glaube, die ernste Wahrheit ist, dass er befürchtet, ich würde versuchen, in sein geschätztes Geheimnis einzudringen, wenn ich in der Nähe wäre.

„Ich weiß, dass er die Vorräte an dem Ort aufbewahrt, zu dem die Hintertür führt, und dass diese Tatsache ihm offenbar einen ausreichenden Vorwand dafür liefert, so oft dorthin zu gehen – vor allem, weil er dort kocht; und das ist ein weiterer seltsamer Umstand. Nachdem ich zum ersten Mal in die Hütte gebracht worden war , bereitete er wochenlang das Essen hier auf der breiten Feuerstelle zu; aber nach einer Weile tat er das in der hinteren Wohnung und erklärte, dass die Gerüche vom Kochen nicht gut für mich seien und dass es ihm unangenehm sei, vor einem offenen Kamin zu kochen. Ich beteuerte, dass mir die Gerüche nichts ausmachten, und er antwortete, dass ich zumindest an seinen Trost denken würde.

„Noch etwas: Er hat schon sehr, sehr lange nicht mehr mit mir gegessen. Sein ursprünglicher Plan bestand darin, mein Essen zuzubereiten, auf mich zu warten, bis ich fertig war, und dann sein eigenes Essen an dem kleinen Tisch in der Kaminecke einzunehmen. Dass er auf diese Weise mit dem Essen aufgehört hatte und seine Mahlzeiten in der hinteren Wohnung einnahm, bemerkte ich einige Zeit lang nicht. Er spricht immer von einer „Wohnung" und nicht von einem Zimmer. Ich wundere mich warum. Ich sitze jetzt schon lange und brauche seine Hilfe nicht mehr, nachdem er mir mein Essen gebracht hat. Es wäre viel angenehmer, wenn er an dem kleinen Tisch sitzen und mit mir essen würde. Ist seine Abneigung gegen mich so groß, dass er nicht mit mir essen kann? Mit meinem ganzen Verstand habe ich diesen Zustand zugelassen! Und wir beide leiden darunter.

„Angesichts all dieser Dinge, die ihn beunruhigen, ist es kein Wunder, dass er sich seit meiner Ankunft so sehr verändert hat. Er ist so peinlich genau wie immer und bringt diese arme kleine Hütte zum Strahlen, aber er hat sich seit meiner Ankunft bemerkenswert verändert. Es verlief so schleichend, dass ich es erst bemerkte, als meine Blindheit nicht mehr ausreichte, um mich davon abzuhalten, es zu sehen. Er war schlank und offensichtlich nicht stark, als ich kam, aber er ist zu einem Schatten geworden, und seine hageren Wangen und hohlen Augen beunruhigen mich. Wenn er jetzt vom Kampf gegen den Schnee zurückkommt – denn wir dürfen nicht davon begraben werden, wir müssen Licht und Luft haben und die Oberseite des Schornsteins muss freigehalten werden –, ist seine Schwäche und

Erschöpfung, obwohl er sich so sehr darum bemüht sie verbergen, sind schrecklich anzusehen.

„Und jetzt hat mich eine große Angst befallen. Er kann jeden Moment zusammenbrechen und sterben. Ich wünschte, ich hätte das nicht geschrieben , ich wünschte, ich hätte nie daran gedacht. Ach, wenn mein Vater doch käme! Was kann ihn halten? Weiß ich nicht, dass er mich mehr liebt als alles andere auf der Welt? Bin ich nicht alles, was er lieben und an dem er sich festhalten muss? Ich kann es nicht, kann es nicht verstehen. Dr. Malbone sagt, es sei unvernünftig für mich, meinen Vater zu erwarten, und wenn er sich die Mühe machen würde, mich jetzt zu erreichen , wäre das ein zu großes Risiko für sein eigenes Leben. Er versucht mir zu versichern, dass mein Vater sich ausschließlich vom Rat der Leute leiten lassen wird, die die Berge kennen, und dass sie ihn davon abhalten werden, einen solchen Versuch zu unternehmen, da sie es selbst nicht wagen würden, ihn zu wagen. Das alles mag wahr sein, aber es fällt mir schwer, es zu glauben. Wenn ich nur ein Wort von ihm bekommen könnte, würde es mir mehr Kraft geben, die Schrecken meiner Situation zu ertragen. Aber warum sollte ich mich beschweren, wenn Dr. Malbone das alles so geduldig, so liebevoll, so fröhlich erträgt?

„Trotzdem steht dieses schreckliche Bild des Mordes unaufhörlich zwischen mir und diesen Seiten. Ich denke, ich kann jetzt verstehen, warum Männer manchmal Frauen töten. Warum sollten Männer und Frauen so unterschiedlich sein? Warum sollte es für sie unmöglich sein, einander zu verstehen? Es war Mord, den ich vor mir stehen sah – sowohl das schreckliche Bild des Mordes, wie er es malte, mit mir als Mörderin – ich als Mörderin ! – und Mord im Fleisch, als er bereit stand, mich zu erwürgen. Oh, die unglaubliche Wildheit des Mannes, die schreckliche, wilde Wildheit von ihm, die schreckliche dunkle und untere Seite seines seltsam komplexen Charakters! Die ganze Zeit hatte ich ihn für einen kleinmütigen Milchtrinker, ein Baby, eine alte Frau, einen schwachen Niemand gehalten; und sofort ließ er seine äußere Hülle fallen und trat als Mann hervor – schrecklich, wild, brutal, überwältigend, großartig, wunderbar! Was ist mein Urteil danach wert? Und ich war so stolz auf mein Männerverständnis!

„Warum hat er mich nicht getötet? Es war mein Schrei, der ihn in Schach hielt; aber warum sollte es? War es mein Hilferuf, der ihn zur Besinnung brachte? Ich glaube schon. Es berührte das in ihm, das so unnachgiebig und wachsam gewesen war , seit ich in seine Obhut gekommen war. Aber was meinte er mit dem Heulen der Wölfin? Und was meinte er, als er sagte, dass die Wölfe heruntergekommen seien? Seit dieser schrecklichen Szene hat er mich mehrmals nachts mit Stöhnen und Schreien im Schlaf geweckt: „Die Wölfin?" Ich weiß, diese Dinge haben eine Bedeutung. Warum erklärt er nichts? Und warum habe ich eine Entfremdung zwischen uns zugelassen, die es mir unmöglich macht, sein Vertrauen zu suchen? Ist es jetzt zu spät?

„Oh, was für schreckliche Momente, die endlosen Stunden, die vergingen, nachdem er die Hütte durch die Hintertür verlassen hatte! Zuerst erwartete ich jede Sekunde, dass er zurückkommen und mich töten würde. Hätte er ein Gewehr, einen Revolver, ein Messer oder einen Knüppel, oder würde er mit diesen schrecklichen langen Fingern kommen, die wie Klauen gekrümmt waren, um sie an meiner Kehle zu befestigen? Und doch fühlte ich mich irgendwie sicher; Ich hatte das Gefühl, dass seine alte Wachsamkeit und Besorgnis zurückgekehrt war.

„Sobald ich die Halbstarre überwinden konnte, in die mich sein Ausbruch gestürzt hatte , schleppte ich mich zur Hintertür, in der Absicht, sie vor ihm zu verbarrikadieren. Die Anstrengung war äußerst schmerzhaft und erschöpfend und bereitete mir eine Woche lang großes Leid. Aber meine geistigen und seelischen Leiden waren so viel größer, dass ich die des Fleisches ertragen konnte. Als ich zur Tür gekrochen war und versuchte, eine Kiste dagegen zu ziehen, hörte ich etwas, das mich aufhielt. Ich bin mir nicht sicher, ob es etwas Echtes war. In meinen Ohren ertönte ein lautes Singen wegen des schrecklichen Schreckens, den ich erlitten hatte, und was ich hörte, schien durch meine überanstrengte Vorstellungskraft verständlich gemacht worden zu sein. Was ich hörte, klang wie die fernen, erstickten, schrecklichen Klänge von Saint-Saëns' „Totentanz", gespielt auf der Violine. Aber so wild und schrecklich es auch klang, es war ein Versprechen meiner Sicherheit. Mord kann nicht mit Musik einhergehen.

„Ich zog mich zurück und kletterte mit großer Anstrengung auf das Bett, wo ich lange Zeit völlig erschöpft lag. Zeit hatte für mich keine Bedeutung. Ein stumpfes, gewaltiges, nicht greifbares Gewicht schien mich zu erdrücken, und ich sehnte mich – oh, wie sehr sehnte ich mich! – nach menschlichem Mitgefühl.

„Die Hütte war dunkel, als er zurückkam. Wir waren sehr sparsam mit den Kerzen umgegangen, denn Dr. Malbone erklärte, dass sie zur Neige gingen; so hatten wir abends meist nur das Feuerlicht. In der hinteren Wohnung schien es reichlich Brennholz zu geben, und ein Teil davon war Pechkiefer, die ein schönes Feuer erzeugte. Als er zurückkam, war das Feuer ausgebrannt. Ich hatte keine Angst, als ich ihn eintreten hörte. An der unsicheren Bewegung seiner Bewegungen erkannte ich, dass er schwach und krank war, aber der erste Klang seiner Stimme, als er mich ängstlich rief, war vollkommen beruhigend.

„'Ich liege auf dem Bett', antwortete ich.

„Er tastete sich ans Bett, kniete dort nieder und vergrub sein Gesicht in seinen Händen auf der Bettdecke. Und dann – ich sage es nur als seine Pflicht, einfach als die einfache Wahrheit – tat er das Männlichste, was ein Mann jemals getan hat. Er hob den Kopf und sagte in würdevoller Demut:

„‚Ich habe das Feigste und Brutalste getan, was ein Mann tun kann. Wirst du mir vergeben? Kannst du mir vergeben?

„Ich streckte meine Hand aus, um ihn aufzuhalten, denn es war schrecklich, dass ein Mann so demütig und gebrochen sein konnte; aber er nahm meine Hand in seine beiden und hielt sie fest.

"'Wirst du? Kannst du? er flehte.

„Es war das einzige Mal, dass seine Berührung anders war als die kalte und oberflächliche des Arztes , und – ich schäme mich nicht, es zu schreiben – es war das erste Mal in meinem Leben, dass die Hand eines Mannes so berührt wurde." wohltuend. Für einen Moment schien es, als wäre seine Hand durch die Wand gestoßen, die uns bisher so völlig getrennt hatte.

„‚Du warst nicht derjenige, der die Schuld trägt‘, sagte ich. „Ich allein war der Schuldige."

„'Nein, nein!' er protestierte herzlich. „Welche Provokation unter dem Himmel könnte ein solches Verhalten wie meins entschuldigen?"

„‚Ich werde dir vergeben‘, sagte ich, ‚unter einer Bedingung.‘

"'Und das----'

„'Du vergibst mir wiederum.'

„Sehr langsam, sobald ich das gesagt hatte, begann der Druck, mit dem er meine Hand gehalten hatte, nachzulassen. Was bedeutete das und warum schwieg er und warum schlich sich ein Schmerz in mein Herz? Könnte er nicht so großzügig sein wie ich? Hatte ich ihn schließlich überschätzt?

"'Es war schrecklich!' flüsterte er halb. „Bei jeder Verpflichtung, die einem Mann obliegt, hätte ich freundlich zu dir sein sollen. Sie waren sowohl mein Gast als auch mein Patient. Du warst verkrüppelt und hilflos und unfähig, dich zu verteidigen. Sie waren eine Frau, die von jedem Mann Ihres Geschlechts Trost und Schutz suchte. Ich war ein Mann, dank dir, weil du eine Frau warst, all den Trost und Schutz, den jeder Mann jeder Frau schuldet. „Alle diese Verpflichtungen habe ich mit Füßen getreten ."

„Warum hat er unserer Versöhnung diesen Stachel gegeben? Hätte er es nicht so unschuldig und unabsichtlich getan, hätte es nicht so wehgetan. Ich zog meine Hand ganz langsam aus seiner zurück; er machte keine Anstalten, es zu behalten. Er hat mich nicht noch einmal um Vergebung gebeten, und er hat mir auch nicht seine Vergebung angeboten. Die Bresche in der Mauer war geschlossen und die Barriere stand intakt und unüberwindbar zwischen uns.

„Und da stand er auf, machte ein Feuer und bereitete mir etwas zu essen; aber ich hatte keinen Appetit. Dann stellte er fest, dass ich Fieber hatte, und er war sehr bekümmert. Es gab nur einen tröstenden Anflug von Mitgefühl, als er zu mir sagte:

„,Du hast die ganze Zeit geschluchzt, als ich das Feuer gemacht und dein Abendessen zubereitet habe. Ich verspreche, dich nie wieder zu erschrecken oder zu beunruhigen.'

„Woher wusste er, dass ich geschluchzt hatte, obwohl ich mir so viel Mühe gegeben hatte, es zu verbergen? Und doch hätte ich wissen können, dass seine Wachsamkeit auf mein Wohlergehen so scharfsinnig und so unermüdlich ist, dass nichts, was mich betrifft, vor ihm verborgen bleiben kann.

„Ich war eine Woche lang ans Bett gefesselt und litt sowohl geistig als auch körperlich stark. Ich hatte mein verkrüppeltes Bein verletzt, und das machte meinem Arzt große Sorgen. Während dieser ganzen Zeit war mir nicht in den Sinn gekommen, weil ich so von Selbstsucht durchtränkt bin, dass er durch seinen Ausbruch wahnsinniger Leidenschaft einen sehr schweren Nervenschock erlitten hatte und dass er nur mit großer Anstrengung standhalten konnte, um mich wieder aufzunehmen auf dem Weg der Genesung. Die Erkenntnis der Wahrheit kam, als meine Krankheit vorüber war. Er hatte mich kaum bequem auf einen Stuhl gesetzt, als eine gespenstische Blässe sein Gesicht zu einem Totenkopf machte, und er taumelte zum Bett und fiel ohnmächtig darauf, während er noch nachdenklich sagte :

„,Ich bin – ein wenig – müde – und schläfrig. Mir geht es vollkommen gut. Habe kein – Unbehagen.'

„Abgesehen von seinem leichten, kurzen Atem lag er stundenlang wie ein Toter; und dann wurde mir deutlicher denn je bewusst, wie schwer die schreckliche Bürde war, die meine Anwesenheit ihm auferlegt hatte. Ich weiß, dass ich ihn töte. Oh Gott! Gibt es nichts, was ich tun kann, um ihm zu helfen, es ihm leichter zu machen? Was habe ich getan, dass dieser schreckliche Fluch über mich gekommen ist?

„Das Wunderbarste an all den seltsamen Dingen, die ich in dieser schrecklichen Gefangenschaft gesehen und gelernt habe, ist, dass sich seine Freundlichkeit mir gegenüber nicht im Geringsten verändert hat. Er ist immer noch die Seele der Nachdenklichkeit, Wachsamkeit und Selbstlosigkeit, und dennoch hat er mich ins Gesicht gebrandmarkt als –

„Eine andere Sache, die ich herausgefunden habe: Die ganze Ausbildung, die ich in Klugheit gemacht habe, nützt hier nichts. Er vermeidet stets den Beginn eines Gesprächs über Themen, die nicht unmittelbar in unserer Nähe liegen. Daher erfordert es von meiner Seite große Anstrengungen – und ich denke, ich verdiene dafür einiges Lob –, ihn in Diskussionen über allgemeine Angelegenheiten einzubeziehen. In diesen Diskussionen vertritt er niemals eine Meinung, wenn er vermutet, dass ich eine gegenteilige Meinung habe, und widerspricht mir nie; Aber ich kann mich des Gefühls nicht erwehren, dass seine Ansichten so viel umfassender und tiefer sind als meine, so viel weiser, so viel wohltätiger, so viel näher an dem, was er „das große Herz der Menschheit" nennt, dass ich oberflächlich und gemein erscheint. Bin ich wirklich so? Ich versuche, es nicht zu sein.

„Mit unbeschreiblichem Takt und Feingefühl hält er mich auf unendliche Distanz, und ich konnte keinen Weg finden, die große Kluft zu überbrücken … Warum sollte ich es schließlich versuchen? Wenn er mich verachtet, kann ich nichts dagegen tun. Diese elende Lage, in der ich mich befinde, wird irgendwann ein Ende haben ; und wenn ich wieder frei und in meiner eigenen Welt bin, werde ich ihm die Dankbarkeit zeigen, die ich empfinde. Wird er mich lassen?...

„Was ist an mir so abstoßend? Warum sollte ich als Viper behandelt werden? Und warum unterscheidet sich dieser obskure Hinterwäldlerarzt von allen Männern, die ich kannte – Männern, mit denen ich wie Kitt umgehen konnte – völlig von mir, bleibt völlig unnahbar, beschämt und demütigt mich mit einem verschleierten Mitleid und hat nicht das geringste Mitgefühl Berührung der Kraft, von der ich weiß, dass ich sie habe? Ist mein Gesicht hässlich? Sind meine Manieren grob? Ist meine Stimme abstoßend? Wo sind meine Ressourcen an weiblichem Taktgefühl, die ich in der Vergangenheit erfolgreich eingesetzt habe? Warum gelingt es mir überhaupt nicht, den Eindruck zu erwecken, dass er auch nur eine einzige bewundernswerte Eigenschaft, eine einzige Anmut in Erscheinung, Verhalten oder Charakter hat?

„Es ist schwer, das alles zu ertragen. Ich versuche, mutig, stark und fröhlich zu sein, wie er es immer ist; Aber es liegt in der Natur des Menschen, sich über seine Behandlung zu ärgern, und es ist grausam von ihm, mich in einer solchen Position zu halten. Es ist das erste Mal in meinem Leben, dass ich im Nachteil bin.

„Ich kann mir vorstellen, dass er großen Kummer erlitten hat. Tatsächlich sagte er das in seinem Ausbruch. Sein Misstrauen mir gegenüber scheint auf seinen Charakter hinzuweisen. Wahrscheinlich hat er einer herzlosen Frau seine ganze Liebe, seine ganze Seele geschenkt, und sie hat ihn ausgelacht und verstoßen. Das würde einem Mann seiner Art schwer fallen. Eine andere

Erklärung kann es nicht geben; und jetzt leide ich unter der Sünde dieser Frau: Er glaubt, dass alle Frauen wie sie sind.

„Ich werde dieses Gelübde niederschreiben, damit ich oft darauf zurückgreifen und meine Absicht durch das Lesen stärken kann:

„Ich werde dafür sorgen, dass dieser Mann mich mag. Ich werde die Mauer einreißen, die er zwischen uns errichtet hat. Ich werde alle Mittel einsetzen, um ihn auf die Beine zu stellen. Ich werde dafür sorgen, dass er mich wertschätzt. Ich werde dafür sorgen, dass er mich braucht. Ich werde dafür sorgen, dass er mich will.

„Das ist mein Gelübde.“

Damit enden, wiederum vorerst, diese Auszüge aus dem Tagebuch der Dame.

KAPITEL ZEHN

Die Härte des Winters ließ nicht nach. Es gab Zeiträume, in denen kein Wind wehte und kein Schnee fiel; aber es gab weder warme Winde noch Sonnenschein, die den Schnee schmelzen ließen, dessen Tiefe stetig zunahm und die Unpassierbarkeit der Straßen noch verschlimmerte. Tag für Tag, Woche für Woche, Monat für Monat verstärkte es die Gitterstäbe des Gefängnisses, in dem sich die beiden unglücklichen Seelen befanden.

Mit der anhaltenden und zunehmenden Härte des Winters wurden die Strapazen des Gefängnisses immer härter. Die Kraft von Wilders Geist begann zu schwinden; Und während es seinen schönen Schützling betrübte, ihn leiden zu sehen, wärmte es ihr Herz, zu erkennen, dass der Tag ihres Triumphs nahe war – der Tag, an dem sie ihm genauso sanft, so selbstlos und treu dienen würde, wie er ihr gedient hatte. Es wäre süß, ihn hilflos zu sehen, wenn er sich auf sie stützte, sie brauchte, sie wollte.

Ihr Verhalten hatte sich seit der schrecklichen Szene, in der ihr Leben bedroht wurde, stark verändert. Ihre Festigkeit, ihr Selbstvertrauen, ihre Aggressivität, ihre Herablassung – alles war verschwunden, und sie trat ihrem Retter gegenüber als Mutter, Schwester und Freundin auf. Auf unzählige kleine Arten ersparte sie ihm Ärger, indem sie sich selbst verleugnete, und tat dies so taktvoll, dass er die Täuschung nie ahnte. Unter diesem Einfluss hatte er ihr schließlich eine Krücke gemacht, die sie, obwohl unhöflich und unbequem, als ein Wunder der Leichtigkeit bezeichnete. Sie glaubte, dass er ihr mehr Vertrauen entgegenbrachte, als er es zuvor gespürt hatte, als er es ihr gab.

Seine Einführung in den Plan ihres Lebens bewirkte Veränderungen, die ihn überraschten und erfreuten. Trotz seiner verzweifelten Proteste überarbeitete sie seine dürftige Garderobe und brachte mit geschickter Arbeit jedes Kleidungsstück in perfekte Ordnung. Ihre Geschicklichkeit und ihr Einfallsreichtum kamen auf viele andere Arten zum Einsatz, sodass die Hütte bald ganz anders aussah als das, was sie bei ihrer Ankunft vorgefunden hatte. Kleine Aufmerksamkeiten verliehen dem Ort eine Atmosphäre von Anmut und Geborgenheit, die dieser Ort zuvor nicht gekannt hatte.

Sie nahm ihm die gesamte Pflege ab, mit Ausnahme des Kochens; Dies war eine Pflicht, die er mit unerschütterlicher Sturheit wahrnahm. Sie schaffte es auch nicht mit all ihrer List und Überredungskunst, ihn dazu zu bringen, mit ihr zu essen. Sie stellte viele Theorien auf, um sein Verhalten in dieser Hinsicht zu erklären. Schließlich entschied sie sich für Folgendes: Er zog es vor, die Rolle eines Dieners zu übernehmen; Daher muss er seine Mahlzeiten auseinander nehmen. Aber warum sollte er sich so entscheiden? Lag es daran, dass er es für den sichereren Weg für beide hielt? Lag es daran, dass er sie disziplinieren wollte, indem er sie über sich stellte, obwohl sie offensichtlich gleichberechtigt waren? Spekulationen waren nutzlos; Sie war gezwungen, die Tatsache zu akzeptieren, was sie mit aller Anmut tat, die ihr zur Verfügung stand.

Er war bis zur Abmagerung abgemagert. Seine Hände waren die eines Skeletts, das eng mit Haut bedeckt war. Seine Wangen waren stark eingefallen und die Haut auf seinen Wangenknochen war kreideweiß. Aber seine Augen waren das eindringlichste seiner Gesichtszüge. Sie schienen immer auf der Suche nach etwas zu sein, das nicht gefunden werden konnte, und sie schienen eine Todesangst vor einer Katastrophe zu zeigen, die noch keine Anzeichen dafür gegeben hatte, dass sie unmittelbar bevorstand. In ihren undurchdringlichen Tiefen bildete sie sich ein, alle Geheimnisse, alle Ängste, alle Befürchtungen zu sehen.

Obwohl er sehr schwach war, erfüllte er dennoch standhaft und fröhlich seine Pflichten. Es gab den Schnee zu bekämpfen. Da es sehr kalt war, musste das Feuer aufrechterhalten werden. Es musste gekocht werden.

So unbequem ihr Bett auch war, sie wusste, dass es im Vergleich zu dem dünn bedeckten Boden aus Steinen und Erde, auf dem er schlief, luxuriös war. Mit der Zeit verfolgte sie dies unaufhörlich, und sie dachte über jeden erdenklichen Plan nach, um es ihm bequemer zu machen. Zuerst war es ihre feste Absicht, ihn dazu zu bringen, das Bett zu nehmen, während sie auf dem Boden schlief; aber sie wusste, dass es sinnlos sein würde, diesen Vorschlag zu machen; So war sie gezwungen, die Idee aufzugeben, so teuer sie ihr auch war und so glücklich sie ihre Annahme gemacht hätte. Stattdessen tat sie, was sie konnte, um es ihm bequem zu machen. Ihr Einfallsreichtum machte einen so großen Unterschied, dass seine Dankbarkeit sie berührte.

Eines Tages entdeckte sie ihn in qualvollen Schmerzen. Die Folter war so groß, dass sie seine eiserne Stärke brach und sein Gesicht verzerrte. Sie war sofort an seiner Seite, ihre Hand auf seiner Schulter und ihr Gesicht zeigte eine wehmütige Besorgnis.

„Was ist los, mein Freund?" fragte sie mit der sanftesten Stimme.

Mit einem erbärmlichen Versuch, sich selbst zu beherrschen, erklärte er, dass es nur ein unbedeutender und vorübergehender Schmerz sei und dass er schnell verginge. Sie kniete neben ihm und sah ihm besorgt ins Gesicht. Offensichtlich verstärkte ihre Fürsorge sein Leid, aber sie war entschlossen, den Kampf auf der Stelle aufzunehmen.

„Sag mir, was es ist, mein Freund", bettelte sie.

Dies war das zweite Mal, dass sie ihn „mein Freund" nannte.

„Es ist nur Rheuma“, sagte er etwas ungeduldig und machte einen sanften Versuch, sie wegzustoßen. Aber sie blieb hartnäckig.

„Das ist keine Kleinigkeit“, sagte sie, „denn deine Kräfte sind stark geschwächt.“ Wo ist der Schmerz?"

„Oh, ich weiß es nicht; Du machst es mir nur noch schwerer!“ rief er gereizt aus.

Eine große Freude erfüllte ihr Herz, denn sie wusste, dass er nachgab und dass ihre Besorgnis seinen Zusammenbruch beschleunigte.

„Nein“, sagte sie, „ich werde dich gesund machen.“ Wo ist der Schmerz?" Sein Gesicht zeigte das frohe Zeichen seines Schwankens.

"Wo ist der Schmerz?" sie wiederholte. „Es ist mein Recht, es zu wissen, und Ihre Pflicht, es mir zu sagen.“

„In meiner –“ sagte er keuchend, „in meiner Brust.“

Sie stand auf und ging zum Bett, das sie für ihn vorbereitete. Als er sah, was sie vorhatte, stand er mit großer Anstrengung auf. Bevor sie seine Absicht erraten oder ihn aufhalten konnte, war er zur Hintertür gegangen, hatte sie hastig geöffnet, war ohnmächtig geworden und hatte sie hinter sich geschlossen, indem er sagte: „Ich bin gleich wieder zurück.“ Sie stand verwirrt da, über die Gepflogenheit, mit der er sie verblüfft hatte, und fürchtete um seine Sicherheit. Aber er hatte versprochen, sofort zurückzukehren, und sie wusste, dass er es tun würde, wenn er könnte. Zu ihrer großen Erleichterung kam er bald zurück, mit ein paar Keksen und ein paar Dosen Proviant. Als er eintrat und die Tür abschloss, ließ er eine Dose fallen, und bevor sie ihm zu Hilfe kommen konnte, war er beim Versuch, sie aufzuheben, gestürzt. Sie zog ihn auf die Füße und stellte erstaunt fest, wie viel stärker sie war als er, und doch hatte sie sich für sehr schwach gehalten. Sie setzte ihn auf die Bettkante und begann, ihm die Schuhe auszuziehen.

„Nein, nein!“ Er hat tief eingeatmet; „Das sollst du nicht tun.“

Aber sie machte weiter und hatte Erfolg, legte ihn auf das Bett und zog die Decke über ihn.

„Jetzt“, sagte sie, „sag mir, was ich dir geben soll.“

Er tat es und es bereitete ihr unendliche Befriedigung, dass er ihr die Medizin aus der Hand nahm. Bald ließen seine Schmerzen nach und er fiel in einen tiefen Schlaf.

Während sie ihn beobachtete, als würde sie ihren schlummernden Erstgeborenen bemuttern, erwärmte sich ihre Seele und weitete sich, und ihr einziges schüchternes Bedauern war, dass sein Kopf nicht auf ihrer Brust ruhte. Aber es warteten Pflichten auf sie. Sie nahm die überschüssige Asche vom Herd auf. Sie entfachte das Feuer mit dem Holz, das er am Abend zuvor am Schornstein aufgehäuft hatte. Sie gab Schnee in ein Gefäß, um Wasser zu erhitzen. Sie verstaute seine Palette. Sie bereitete sich darauf vor, Tee zu kochen, sobald das Wasser heiß sein sollte. Bei der Ausführung dieser und anderer kleinerer Aufgaben war sie sehr glücklich und sang zum ersten Mal, seit sie die Hütte betreten hatte, leise. Die Arbeit war nicht leicht, denn sie hatte wenig Kraft, da sie so lange nicht an körperliche Betätigung gewöhnt war, und ihre Lahmheit und die Krücke behinderten sie schmerzlich.

Ein Stich tat unaufhörlich weh. Sie dachte darüber nach, dass ihr Gastgeber auf ihre Überredung hin beschlossen hatte, sich ins Bett zu legen, und dass er die Vorräte aus der hinteren Wohnung mitgebracht hatte, damit sie während seiner Hilflosigkeit Essen zubereiten konnte; aber das lag daran, dass er ihr nicht zugetraut hatte, die Vorräte selbst zu besorgen , und es dadurch für sie unnötig gemacht hatte, die verbotene Kammer zu betreten. Sie versuchte, so gut sie konnte, großzügig zu sein; Sie versuchte zu glauben, dass ein so freundlicher, so rücksichtsvoller, so respektvoller Mann die besten Gründe haben musste, sie von diesem Raum fernzuhalten. Wenn ja, hatte sie kein Recht, sein Vertrauen zu erwarten. Aber warum gab er ihr keine Erklärung? Warum sollte er ihr nicht in diesem Maße vertrauen? Das war der Stich, der weh tat.

Auf eine vage Art und Weise glaubte sie, dass man ihm wegen der Schmerzen, die er dort erlitten hatte, etwas auf die Brust legen sollte.

Sie hatte den starken Wunsch, etwas für ihn zu tun. Sie dachte, dass mit Einreibemittel getränkte Tücher gut für ihn wären. Mit großer Vorsicht, um ihn nicht zu wecken, öffnete sie die Kleidungsstücke, die seine Brust bedeckten. Er schlief immer noch tief und fest, denn die Medikamente, die er eingenommen hatte, hatten eine einschläfernde Wirkung. Als sie seine Brust entblößt hatte und die schreckliche Abmagerung seines Körpers sah, deckte sie ihn schnell zu, fiel mit dem Gesicht auf den Boden und schluchzte.

Der Tag rückte vor, aber er schlief immer noch. Ihre einzige Hoffnung war jetzt, dass er bis in die Nacht hinein schlafen würde, denn dazu müsste sie auf der Pritsche vor dem Kamin schlafen. Sie hatte noch eine weitere kostbare Hoffnung, und zwar, dass sie endlich gemeinsam essen würden; aber es wäre ihr lieber, wenn er schliefe; Also bereitete sie gegen Abend eine einfache Mahlzeit zu, aß ihren Anteil allein und hielt seins für ihn bereit, bis er aufwachte.

Sie wunderte sich darüber, dass es auf so kleinem Raum so viel zu tun gab und dass der Tag – ihrer Meinung nach der schönste aller Tage ihres Lebens – so schnell vergangen war. In kurzen Abständen beugte sie sich über ihn und lauschte seinem kurzen, halb gedämpften Atem; oder sie legte sanft ihre kühle Hand auf seine heiße Stirn oder hielt eine seiner brennenden Hände in ihrer und drückte sie dann an ihre Wange. Es kam ihr überaus wundervoll vor, dass der starke Mann, der nur stark im Geiste war, jetzt so hilflos wie ein Kleinkind dalag und völlig von ihr abhängig war.

Manchmal war er unruhig und redete im Schlaf unverständlich; sie war sofort an seiner Seite, um ihn mit ihrer kühlen, weichen Hand auf seinem Gesicht zu beruhigen; und als sie sah, dass es ihn immer beruhigte, seufzte sie vor dem süßen Schmerz, der ihre Brust erfüllte. Einmal, als er kurz vor dem Aufwachen schien, schob sie ihren Arm unter seinen Kopf und gab ihm mehr von der Medizin, die er widerstandslos einnahm, und schlief wieder ein. Im Laufe der Nacht wurde sie immer unzufriedener mit dem Versuch, sich zwischen dem Sitzen an seinem Bett und dem Beobachten zu entscheiden und andererseits die Strapazen zu ertragen, die er so lange ertragen musste, als er auf der Pritsche schlief. Während sie mitten in diesem Streit steckte, tauchte eine weitere dringende Angelegenheit auf. Es war die Gewohnheit ihres Gastgebers gewesen, jeden Abend einen Vorrat Holz hereinzubringen. Das, was er am Abend zuvor mitgebracht hatte, war nun aufgebraucht und es wurde mehr benötigt. Wie konnte sie es bekommen. Sie wusste, dass er die Hintertür verschlossen und den Schlüssel in eine bestimmte Tasche gesteckt hatte. Sie wusste, dass sie ohne den Schlüssel nicht an das Holz kommen konnte. Die Beschaffung eines Treibstoffvorrats war eine Vorsichtsmaßnahme, die er übersehen hatte, als er einen Vorrat an Proviant mitgebracht hatte.

Er war in einem tiefen Schlaf. Sie konnte den Schlüssel bekommen und so das Holz für die Nacht besorgen. Aber wäre es richtig, das zu tun? Wenn das Feuer erloschen wäre, wäre die Kälte sehr groß und könnte sich für ihn als tödlich erweisen. Wenn sie den verbotenen Raum betreten würde, wäre das ein unfairer Vorteil aus seiner Hilflosigkeit? Es war ein schweres Problem, aber am Ende überwog ihr Pflichtbewusstsein ihr Feingefühl. Mit größter Vorsicht steckte sie ihre Hand in seine Tasche und sicherte sich den Schlüssel. Mit der gleichen Vorsicht ging sie zur Tür und schloss sie auf.

Dann überkam sie eine große Angst. Was lag hinter der Tür? Könnte es nicht eine Gefahr sein, der sich nur ihr Gastgeber sicher stellen konnte? Wenn ja, was könnte es sein? ... Es wäre klug, eine Kerze zu haben; aber die Suche konnte keinen finden. Sie holte eine kleine Fackel aus dem Feuer und öffnete vorsichtig die Tür.

Zu ihrer Überraschung war keine Kammer zu sehen, sondern lediglich ein ummauerter und überdachter Durchgang, der am anderen Ende mit einer Tür verschlossen war. Darin stapelte sich ein Holzvorrat; es gab nichts anderes. Für die junge Frau war es sehr umständlich, die Krücke, die Fackel und das Holz gleichzeitig zu tragen; es war notwendig, auf die Fackel zu verzichten. Sie trug es zurück zum Kamin, ging erneut zum Flur, stapelte etwas Holz in ihrem freien Arm und machte sich auf den Rückweg. Dabei sah sie, wie ihr Gastgeber sich aufsetzte und sie entsetzt anstarrte. Das erschreckte sie so sehr, dass sie das Holz fallen ließ, schrie und ohnmächtig zu Boden fiel.

Als sie zu Bewusstsein kam , fand sie sich auf dem Bett wieder, während ihr Gastgeber neben ihr zusah. In seinem Gesicht lag der alte, gebieterische Ausdruck, der alte Schleier, der zwischen ihr und seinem Selbstvertrauen hing; und so hatte ihr herrlicher Tag ein unrühmliches Ende gefunden, und ihr Geist war fast erschüttert. Ihr Wirt hatte sich einigermaßen erholt , so weit, dass er wieder die Herrschaft über sein Haus übernehmen konnte. Es wurden keine Fragen gestellt, keine Erklärungen gegeben. Er dankte ihr dankbar für ihre Freundlichkeit ihm gegenüber und damit endete ihr kurzes Glück. Der alte Zyklus der Arbeit, des Wartens, des Hoffens, des Leidens, der Gefangenschaft wurde wieder aufgenommen.

KAPITEL 11

Einige Tage später saßen sie schweigend vor dem Feuer. Für die junge Frau war es zur Gewohnheit geworden, jeden Blick und jede Bewegung ihres Gastgebers zu studieren; ihm bei der Erfüllung der Haushaltspflichten zuvorzukommen; ihm jeden kleinen Komfort zu bieten, den die mageren Ressourcen der Hütte boten; und mit seltsamer Freude zu beobachten, wie sein Wille und sein Mut stetig nachließen. Sie erkannte, dass sein jüngster Angriff, obwohl er so schnell überwunden war, eine Warnung vor seinem bevorstehenden völligen Zusammenbruch war; und sie glaubte, nur wenn das geschehen sollte, könne sie mit Mitgefühl und sorgfältiger Pflege hoffen, ihn zu retten. Sie begrüßte die Verdrießlichkeit, die sich über ihn ausbreitete, sein zunehmendes Versäumnis, ihr alle Wünsche zu erfüllen, und seine gelegentlichen Schwächeanfälle ihr gegenüber. Es befriedigte sie, zu sehen, wie er nach und nach die eiserne Maske lockerte, die er so lange getragen hatte. Das bedeutsamste aller seiner Symptome waren Halluzinationen, die ihn zu heimsuchen begannen. Manchmal fuhr er erschrocken auf und flüsterte: „Hast du das Heulen der Wölfe gehört?" Bei anderen Gelegenheiten fuhr er erschrocken zusammen, um sich einem imaginären Angriff auf die Hintertür zu widersetzen. Eine Berührung ihrer Hand, ein sanftes, festes Wort würde ihn sofort beruhigen, und dann würde er dumm und beschämt aussehen.

An diesem Tag, als sie vor dem Feuer saßen, nahmen die Dinge eine neue und seltsame Wendung. Er sagte plötzlich : –

"Hören!"

Sie war so sehr damit beschäftigt, ihn zu beobachten, und erwartete so ein unberechenbares Verhalten von ihm, dass sie keinen Gedanken an die Möglichkeit einer Gefahr von außen verschwendete. Sie hatte trostlose Monate lang in diesem kleinen Gefängnis gewartet und sich nicht mehr um den Tumult draußen gekümmert. Der junge Mann hatte in hoffnungsloser Trägheit gefaulenzt , aber jetzt saß er aufrecht, jeder Nerv, jeder Muskel und jedes Vermögen unter außergewöhnlicher Spannung.

"Es kommt!" er weinte. „Ich habe es jeden Tag erwartet. Komm – schnell, um Himmels willen!"

Als er das sagte, packte er sie am Arm und zerrte sie mit wütendem Eifer und überraschender Kraft zur Hintertür, sodass sie kaum Zeit hatte, ihre Krücke zu ergreifen. Er schloss die Tür auf und öffnete sie, doch bevor er die Tür am anderen Ende des Gangs öffnen konnte , hörte sie ein schweres Brüllen und spürte, wie der große Berg bebte. Völlig unwissend über die Bedeutung des Ganzen, aber als sie sah, dass ihr Gastgeber von einer intelligenten Absicht bewegt war und tiefes Vertrauen und Trost in den Schutz empfand, den er ihr entgegenbrachte, begab sie sich völlig unter seine Führung.

Die Hintertür wurde geöffnet und sie betraten eine dunkle, kalte Kammer. Mit jedem Augenblick wurde das Brüllen lauter und das Zittern des Berges verstärkte sich. Dann kam ein gewaltiger, betäubender Krach, und die Katastrophe verklang allmählich in Stille und hinterließ eine undurchdringliche, bedrückende Schwärze.

Die beiden Gefangenen standen in atemlosem Schweigen da und hielten sich fest in den Armen. Die junge Frau stellte keine Fragen; Ihr Gefühl der Sicherheit und des Trostes in den Armen dieses Mannes erfüllte den ganzen Wunsch ihrer Stunde. Sie hatte das unbestimmte Gefühl, dass ihnen etwas Schlimmeres zugestoßen war als all ihr vergangenes Unglück; Aber dieses Gefühl ließ das starke, warme Blut, das rhythmisch durch ihr Herz strömte, nicht kalt werden. Sie war mit ihrem Schicksal im Reinen. Wenn dies der Tod war, dann war es der Tod für sie beide, es war der Tod mit ihm.

Ihr tiefes Mitgefühl ließ sie jedes Zeichen, das er gab, mit größter Aufmerksamkeit verfolgen; und so akzeptierte sie ohne Überraschung oder Bestürzung die Erkenntnis, dass er sich nicht erholte, sondern im Gegenteil unter dem namenlosen Schlag versank, der sie getroffen hatte. Es war nicht die Angst davor, sondern die Angst vor ihm, die ihr jetzt jede bewusste Eigenschaft mit doppelter Wachsamkeit verlieh. Sein Griff um sie wurde fester und sie wusste, dass er das Bedürfnis nach ihr verspürte und sich an sie klammerte. Er zitterte in allen Gliedern und schwankte, als er aufstand. Mit wenig Mühe trug sie ihn zu Boden, wo sie neben ihm kniete, seine Hände hielt und leise sagte:

„Mein Freund, wir sind zusammen; und solange jeder die Stütze des anderen ist, werden wir für alles Kraft und Mut haben. Jetzt sagen Sie mir, was ich für Sie tun darf." Durch den Druck seiner Hand auf ihre wusste sie, dass ihre Worte guten Boden gefunden hatten. Sie nutzte sanft ihren Vorteil. „ Sagen Sie mir, was ich für Sie tun darf. Du bist schwach. Du weißt, wie stark und gesund und willig ich bin; Dann stellen Sie sich vor, wie viel Freude es mir bereiten würde, Ihnen zu helfen! Du brauchst ein Stimulans. Ist einer in der Kabine? Sag mir, wo es ist, und ich bringe es."

„Du bist nett", sagte er zitternd.

„Aber wissen Sie, was passiert ist?" Als er diese Frage stellte, erhob er sich und sie half ihm dabei.

„Nein", antwortete sie ruhig; „Aber egal, was passiert ist, wir sind zusammen und haben daher die Kraft und den Mut dafür."

„Ah", sagte er hoffnungslos, „aber das ist das Ende! Eine Lawine hat uns begraben und die Hütte ist zerstört!"

So schrecklich diese Aussage auch war, sie hatte keine schwächende Wirkung auf seinen Begleiter.

"Ist das alles?" fragte sie fröhlich. „Aber Lawinen schmelzen dahin, und wir haben einander. Und wenn es zum Schlimmsten kommt, werden wir uns immer noch haben. Nebeneinander haben wir das Leben, und mit dem Leben gibt es immer Hoffnung, es gibt immer die Pflicht zur Hoffnung. Wenn wir die Hoffnung aufgeben, wird das Leben selbst aufgegeben."

Das wirkte wie guter Wein in seinen Adern; Aber an der Art und Weise, wie er sich noch immer an sie klammerte, offenbar fürchtend, dass sie ihn für einen Moment verlassen würde, wusste sie, dass ein schreckliches, unbekanntes Ding auf ihm saß. Sie wartete geduldig darauf, dass er es preisgab. Sie wusste, dass der Schock der Katastrophe seinen Geist völlig klar gemacht hatte und dass die alten Schrecken, die er vor ihr verborgen hatte, mit neuer Aktivität auf ihn einwirkten. Dennoch schwieg er.

„Wissen Sie", sagte sie plötzlich, „dass ich froh bin, dass die Lawine gekommen ist? Ich verstehe jetzt die Angst vor einem schrecklichen Ereignis, das Sie verfolgt. Nun, es ist gekommen, und wir leben noch; Und was noch besser ist: Wir haben einander. Stellen Sie sich vor, wie viel schrecklicher es hätte sein können! Angenommen, es wäre gekommen, während Sie draußen waren, und hätte Sie mitgerissen. Angenommen, es hätte uns in der Hütte zerquetscht. Aber hier sind wir, wohlbehalten und glücklich in der Gegenwart des anderen ... Und ich denke an etwas anderes. Der Schneefall hat schon lange aufgehört. In letzter Zeit hatten wir warme Winde und etwas Regen. Das muss bedeuten, mein Freund, dass das Schlimmste vorbei ist. Und bedeutet das nicht, dass der Regen den Schnee aufgeweicht und gelockert hat, sodass diese Lawine entstanden ist?"

Eine plötzliche Stärke, eine überraschte Freude lag in dem Druck, mit dem er ihr nun die Hand reichte.

„Es ist wahr, es ist wahr!" rief er leise.

„Dann", fuhr sie fort, „hat der Winter seinen letzten Schlag versetzt und unsere Befreiung steht vor der Tür; Denn der Regen, der die Lawine verursacht hat, wird den Schnee schmelzen, den sie auf uns aufgetürmt hat, und auch den Schnee, der die Straßen blockiert hat. Es scheint mir, dass das Beste von allen möglichen Dingen passiert ist."

„Daran hatte ich nicht gedacht!" rief er mit kindlichem Eifer, der ihr Herz zum Leuchten brachte.

„Außerdem", fuhr sie fort, „woher wissen Sie, dass die Hütte zerstört ist? Lasst uns gehen und sehen."

Ihre sanfte Stärke und ihr Mut, die scheinbar fundierte Argumentation und ihre Entschlossenheit, ihren Zustand nicht düster zu sehen, weckten ihn, ohne ihm seine Schwäche bewusst zu machen. Ihre Vermutung, dass die Hütte möglicherweise nicht zerstört worden war, verstärkte seine trübe und verblüffte Wahrnehmung.

„Das stimmt", sagte er fröhlich; „Lass uns gehen und sehen."

Noch immer eng aneinander geklammert, tasteten sie in der Dunkelheit nach der Tür.

„Du hast Streichhölzer, nicht wahr?" sie erkundigte sich.

„Ja", antwortete er verwirrt; „Aber wir können die Tür auch ohne Licht finden."

Das war nicht so einfach. Zum ersten Mal, nachdem die Schrecken des Augenblicks vorüber waren, empfand die junge Frau ein Glück, das sie in all den trostlosen Wochen ihrer Gefangenschaft nicht gekannt hatte – außer einmal, während seiner Krankheit, als es so schlimm gewesen war kurze Dauer.

Als sie sich so zufrieden fühlte, kam ihr plötzlich der Gedanke, dass sie sich endlich in der verbotenen Wohnung befand, wo, wie sie glaubte, ein schreckliches Geheimnis vor ihr verborgen blieb. Ihre Stimmen waren lange Zeit in der engen Hütte erstickt worden. Der Kontrast, den sie jetzt vorfand, war verblüffend; Dennoch wären ihre Gedanken möglicherweise nicht zu der Tatsache zurückgekehrt, dass sie sich endlich in der Gegenwart des Geheimnisses befand, wenn nicht Wilders verlegene Weigerung, ein Licht anzuzünden, ihr Interesse neu entfacht hätte. Das erste, was ihr in dieser Richtung auffiel, war der einzigartige Nachhall ihrer Stimmen, als befänden sie sich an einem Ort, dessen Größe knapp der Echokraft entsprach. Darüber hinaus war es kalt, wenn auch nicht annähernd so kalt wie die Außenluft; und sie hörte das musikalische Plätschern von tropfendem und fließendem Wasser.

Wilder hatte offensichtlich jegliche Orientierung verloren. Indem er sich beim Tasten an seine Gefährtin klammerte, achtete er sehr darauf, sie vor Stolpern und Kollisionen zu schützen. Seine freie Hand (der andere Arm lag um ihre Taille) war ausgestreckt. Mit großer Mühe, verstärkt durch seinen Eifer, fand er sich schließlich zurecht und ging zur Tür. Langsam und vorsichtig drängten sie durch den Gang und dann zu ihrer großen Erleichterung in die Hütte. Sie fanden es unversehrt, aber rauchig und völlig dunkel – die Lawine hatte den Schornstein erstickt und das Licht aus dem

Fenster versperrt. Mit Streichhölzern stellten sie fest, dass das Fenster nicht zerbrochen war und dass die Außenwand des Hauses dem Druck des Schnees nicht standhielt. Auf seine besondere Art begann Wilder jedoch, Probleme vorherzusehen.

„Der Druck der Masse oben", sagte er, „wird den Schnee unten zusammendrücken und so auf unser Fenster und vielleicht auch auf die Außenwand der Hütte selbst einen Druck ausüben, den sie nicht ertragen können." Die Hütte ist begraben. Wir können keine Bände mehr haben. Das Schlimmste ist, dass wir ohne Luft rechtzeitig ersticken müssen."

„Ist das alles nötig, mein Freund?" fragte sein Begleiter. „Wir können zumindest versuchen, den Schnee wegzuräumen und so all diese Schwierigkeiten zu beseitigen; und es besteht die Möglichkeit – und eine gute, finden Sie nicht auch ? – , dass der Schnee schnell schmilzt. Außerdem haben wir noch nicht versucht, uns durch den Schnee zu graben."

„Wahr, wahr, jedes Wort davon!" er weinte entzückt. „Was für einen klaren, starken Geist du hast!"

Dies war das erste Kompliment, das er ihr jemals gemacht hatte, und seine offensichtliche Aufrichtigkeit verlieh ihm einen kostbaren Wert.

Sie war es nun, die den Angriff auf ihr Schneegefängnis anführte. Was für eine unendliche Befriedigung und welcher Stolz erfüllte es sie zu wissen, dass sie endlich der führende Geist der Hütte war; Mit welch festem, aber sanftem Takt überwand sie nach und nach seine Einwände dagegen, dass sie sich Sorgen machte oder arbeitete; wie sie jede seiner Bewegungen beobachtete, an jedem seiner Worte hing, ihn so weit wie möglich von dem Stress befreite, der ihn belastete, und auf jede erdenkliche Weise für sein Wohlbefinden sorgte; Mit welch fröhlichen Liedern in ihrem Herzen und heiteren Worten auf ihren Lippen sie die Mühen dieser schrecklichen Zeit erleichterte, muss hier nur erwähnt werden. Aber sie war es, die führte, inspirierte, erreichte, und er wusste es. Dies war das gesegnete Licht, das ihr durch all das hindurch schien.

Eine Durchsuchung ergab losen und leicht zu entfernenden Schnee an einem Ende der Hütte an der Klippenwand. Seine Arbeit an der Spitze, das Graben und Tunnelbauen, ihre im Hintergrund, das Entfernen des Schnees und die Bewahrung des Mutes in seinem Herzen, brachten sie augenblicklich in die äußere Luft. Dann sahen sie zum ersten Mal den herrlichen Sonnenschein, und wie Kinder schrien sie vor Freude, ihn zu sehen. Beide Wände der Kanone waren noch immer stark mit Schnee bedeckt, aber zahlreiche kleine Rutscher hatten ihn zerrissen, und der Regen hatte ihn aufgeweicht und gepflügt. Offensichtlich schmolz es schnell.

Eine andere Szene hielt sie fest, als sie Hand in Hand standen und in die Kanone hinunterblickten. Die große Lawine, die sie überwältigt hatte, war am Grund des Kanonenrohrs aufgehalten worden und hatte durch Aufstauen des Flusses einen großen See gebildet. Der See wuchs schnell an Größe und verstärkte die Kanone. Jeden Moment muss die wachsende Wassermasse ihren Damm durchbrechen, und das wäre ein spektakuläres Schauspiel.

Darauf konnten sie es kaum erwarten. Mit unglaublicher Mühe – er protestierte nicht mehr gegen ihren vollen Anteil an der Arbeit, und sie achtete nicht auf ihre Lahmheit und darauf, dass sie ihre Bemühungen ernsthaft behinderte – kletterten sie Hand in Hand über den Schnee, bis sie über der Hütte standen, und fröhlich begannen , es freizugraben – eine Aufgabe, die scheinbar so weit über ihre Kräfte hinausging, dass etwas Wunderbares sie dabei unterstützt haben musste, es in Angriff zu nehmen. So arbeiteten sie in der Nachmittagssonne, zum ersten Mal gute Kameraden und so glücklich und unbeschwert wie Kinder, als ein Ausruf von Wilder ihre Aufmerksamkeit auf den Damm lenkte. Es gab unter dem Druck des Wassers nach. Sofort erkannte sie eine Gefahr, die er übersehen hatte.

„Zurück zur Klippe!“ schrie sie, ergriff seine Hand und zerrte ihn weg, „sonst gehen wir mit dem Schnee unter.“

Sie erreichten rechtzeitig ihren Tunnel und die Hütte; Doch bald darauf brach der Damm, und die wirbelnde, donnernde Wassermasse trieb sie in die Kanone. Dadurch wurde die Stütze des Schnees, der sich zwischen dem Fluss und der Spitze der Klippe angestaut hatte, entfernt, und er stürzte ins Wasser, ließ die Spitze der Hütte frei und löste das Problem des Schneegefängnisses.

KAPITEL ZWÖLF

O NCE noch einmal aus dem Tagebuch der Dame:

„Es ist mir unmöglich, die Hoffnung, den Frieden und die Kameradschaft zu beschreiben, die diesen Ort in ein kleines Nest verwandelt haben, wo er zuvor ein so schreckliches Gefängnis gewesen war. Draußen scheint weiterhin die Sonne, und ich weiß, dass es nur noch eine Frage von Tagen ist, wann mein Vater kommt. Es scheint mir unerklärlich, dass irgendetwas auf der Welt ihn so lange hätte aufhalten können; aber Dr. Mal-bone versichert mir, dass die Straßen und Berge immer noch völlig unpassierbar seien; dass die Straßen nicht nur mit umgestürzten Bäumen übersät sind, sondern stellenweise auch weggeschwemmt sind und dass unser einziger Fluchtweg darin bestehen wird, auf eigene Faust zu Fuß zu gehen. Wir reden jetzt ständig darüber und sind bereit, im ersten günstigen Moment damit anzufangen. Meinem Bein geht es fast gut; Nur ein leichter Schmerz nach starker Anstrengung und eine äußerst peinliche Schwäche sind jetzt das Problem. Aber er lässt mich hervorragend behandeln und trainieren, um all das zu überwinden; und er hat mir das freudige Versprechen gegeben, dass wir in einer Woche von heute an den Start machen werden.

„Und jetzt muss ich über einige andere wundervolle Dinge schreiben, die passiert sind. Die Veränderung, die in unserem gegenseitigen Verhalten und Verständnis eingetreten ist, ist so unglaublich, dass ich es kaum wage, sie hier aufzuschreiben, aus Angst, dass sie sich als Traum erweist. Ich habe vor einiger Zeit in diesem Tagebuch geschworen, dass ich dafür sorgen würde, dass dieser Mann mich braucht und mich will. Dieser Sieg ist errungen. Und ich weiß, dass ich es über mich selbst gewonnen habe, indem ich es über ihn gewonnen habe. O Gott, wie blind, wie dumm, schrecklich blind war ich all diese Jahre! In den Tiefen meines erbärmlichen Egoismus, in den dunklen Höhlen meiner Gemeinheit hatte ich nie davon geträumt, dass das echte menschliche Herz um mich herum pochte, schmerzte und hoffte; Es hat diesen seltsamen Mann gebraucht, um mich ans Licht zu ziehen. Und das hat er weder freiwillig noch bewusst getan. Das hat einen Biss. Manchmal hasse ich ihn immer noch, wenn ich an alles denke. Es war die stille, ungreifbare, ungerichtete Kraft, die von ihm ausstrahlte, die die Veränderung herbeigeführt hat. Ich empfinde keine Demütigung, wenn ich das sage. Ich sage es und weiß es trotz der großen Distanz, die uns trennt – der sozialen Barrieren, die so wenig bedeuten und so viel bewirken. Es wird mir für immer in Erinnerung bleiben, was auch immer geschehen mag, einen Mann gekannt zu haben; ihn in seiner Stärke und Schwäche, in seiner großartigen Selbstlosigkeit und kindlichen Vertrauenswürdigkeit gekannt zu haben; in seiner Einfachheit und Komplexität; in seiner Zielstrebigkeit und Vielfalt seiner Eigenschaften; in seiner Sanftmut und Wildheit und vor allem in seinem wunderbaren Pflichtbewusstsein. Aber ich wünschte, ihn würde etwas anderes als die Pflicht bewegen.

„Es gibt noch etwas, das ich schreiben muss, und ich schreibe es mit dem Bewusstsein, dass mir die Wangen brennen. Manchmal erlebe ich, wie er mich mit einer gewissen Sanftheit ansieht, wenn ich nicht beobachte. Was bedeutet das? Habe ich die Menschen so schlecht kennengelernt, dass ich ihre Bedeutung verkennen kann? Die bequemste Frau wird für den Mann geeignet sein, der vielleicht eine andere, aber unzugängliche Frau bevorzugt. Bis wir näher zusammenkamen, seit die Lawine vorüber war und die Sonne schien, war ich für ihn keine Frau. NEIN; Ich war eine Pflicht. Aber jetzt ist in seine Stimme und seinen Blick eine neue Qualität gekommen: – bleib! Denken Sie daran, dass die Schwäche der Frauen in ihrer Eitelkeit liegt. Könnte es etwas so Wunderbares geben wie die Achtung dieses Mannes für mich, die eine Frau von dem Mann erwartet, den sie verehrt? Wenn ja, ist er zu stolz, zu zurückhaltend, sich seiner gegenwärtigen Pflicht- und Schutzpflicht zu bewusst, um dies kundzutun? Hat er immer noch Angst vor mir? Trägt er immer noch in seinem Herzen die schreckliche Anklage, die er mir entgegenschleuderte? Verabscheut er mich immer noch als Mörderin? Ist mein Vermögen ein Hindernis? Fehlt ihm der Mut, das zu wagen, was jeder Mann wagen muss, um sich die Frau zu sichern, die er liebt?

„Liebt? Warum habe ich dieses Wort geschrieben? Durch welche Autorität oder welches Recht? Und doch ist dieses von allen Worten, die der Sonnenschein der Seele auf die Zunge gelegt hat, das süßeste ...

„Beunruhigende Dinge sind passiert, seit ich das Vorstehende geschrieben habe. Eine Zeit lang wirkte die Anregung von Sonnenschein und Hoffnung, die sichere Aussicht auf *meine* Freilassung aus diesem Gefängnis, Wunder mit seiner körperlichen und geistigen Kraft; aber vor drei Tagen wurde er still und launisch, dann unruhig und ängstlich; Nachts litt er unter Fieber, dessen Ursache ich nicht verstehen kann. Wenn ich seine fleischlose Brust und Arme sehe, frage ich mich, ob er eine Krankheit hat, die ihn tötet und die er vor mir geheim gehalten hat. Sein eingefallenes Gesicht mit der zum Zerreißen gespannten Haut an den Wangenknochen und seine extreme Abmagerung sehen aus wie Schwindsucht; aber er hat keine anderen Symptome und erklärt, dass er vollkommen gesund sei. Ist meine Anwesenheit so beunruhigend, dass sie allein ihn umbringt? Wenn ja, wäre es für mich Mord, länger zu bleiben. Wenn ich es nur wüsste!

„Warum verheimlicht er mir etwas? Was könnte er zu verbergen haben, dass es für mich nicht richtig ist, es zu wissen? Und doch weiß ich, dass der Akt des Verheimlichens ihn nicht töten kann – es ist die Sache, die er verbirgt, die den Schrecken auslöst. Es wäre unendlich besser für uns beide, wenn er mich daran teilhaben ließe, und da ich so viel stärker bin als er, könnte ich es viel besser ertragen; Das Teilen davon würde seine Last erleichtern und mein Mitgefühl würde ihm Kraft geben. Warum kann er das alles nicht sehen, wenn es mir doch so klar ist? Ich muss geduldig sein, geduldig, geduldig! Das ist jetzt mein Motto.

„Wie im ersten Fall, als er krank wurde, bereitete er sich jetzt auf seine Krankheit vor, indem er einen kleinen, aber diesmal völlig unzureichenden Vorrat an Proviant mitbrachte. Bis zu diesem letzten Angriff hat er in keinem einzigen Fall zugestimmt, mit mir zu essen; Er hat sich immer durch die Hintertür zurückgezogen und alleine gegessen. Mittlerweile fällt es mir schwer, diese einzigartige Tyrannei in Bezug auf das Essen zu ertragen. Er isst jetzt mit mir, weil er hilflos im Bett liegt und es nicht vermeiden kann; aber er isst so wenig! Es ist ihm unmöglich, auf diese Weise an Kraft zu gewinnen, und ich bin unaussprechlich verzweifelt. Er erklärt einfach, dass er nicht essen kann. Seltsamerweise drängt er mich in letzter Zeit immer dazu, wenig zu essen, sonst werde ich eine lange Liste von Störungen mitbringen, die unsere Flucht verhindern. Übrigens ist von dem Laden, den er von hinten mitgebracht hat, so wenig übrig, dass ich befürchte, dass der Vorrat erschöpft sein könnte und er hartnäckig an seinem Vorhaben festhält, mir nicht zuzutrauen, dass ich aus dem Laden hinter der Hintertür noch mehr herausbekomme. Was wird das Ende dieser schrecklichen Situation sein?

„Es scheint ein merkwürdiger Widerspruch in seiner Natur zu sein, dass das Thema Essen einen so großen Teil seiner abschweifenden Gedanken in Anspruch nimmt. In seinem Delirium malt er wunderschöne Bilder von Festen. Er staunt über die Pracht von Neros Banketten und erklärt, dass die Menschen, die so viel zu essen hatten, fett und zufrieden gewesen sein müssen! Ich lege das nur ungern nieder, denn es erscheint mir verräterisch, diesen Hauch von Grobheit in einer so außergewöhnlich feinen Natur zu verraten. Wenn er so viel ans Essen denkt, warum sollte er mich dann dazu drängen, sparsam mit den groben Dingen zu essen, die seine Speisekammer vielleicht hergibt, und das hat mich so viel Mühe gekostet, mit gutem Gewissen zu essen? Es ist seltsam, wie viele unerwartete Dinge wir im engen Umgang mit anderen erfahren!...

Seiten durchblättere, wird mir klar, wie sehr ich es versäumt habe, auch nur den geringsten Einblick in unser Leben und unsere Beziehungen zu geben. Wie hätte ich es jemals übers Herz bringen können, auch nur den kleinsten Fehler in einem so edlen Charakter zu erkennen, geschweige denn schriftlich festzuhalten? Es scheint, dass die Sympathie, die aus dieser neuen Beziehung zwischen uns entsteht, nur das Beste in meinem Wesen berühren sollte. Schade, Schande, Schande über mich! Sehe ich nicht, wie sein eindringlicher Blick mir überallhin folgt und immer mit unaussprechlicher Dankbarkeit auf mir ruht?

„Er ist jetzt fast vollständig von mir abhängig. Ich pflege ihn wie ein Kind. Es wäre völlig unangemessen zu sagen, dass dies mich mit Glück erfüllt, weil es eine Gegenleistung für einen Teil der Freundlichkeit ist, die er mir entgegengebracht hat. Nein, es gibt noch etwas anderes. Die Dankbarkeit in meinem Herzen ist groß – größer, als ich gedacht hätte, dass ein so kleines und gemeines Herz es schaffen könnte. Ich bin froh, dass ich es habe. Aber die Freude an allem liegt im Tun für diesen Mann, ohne Rücksicht auf Dankbarkeit. Für ihn tun; um ihn zu pflegen; um ihn aufzuheitern; zu spüren, dass er mich braucht und mich will, das ist mein Himmel. Und obwohl mich eine schreckliche Angst verfolgt, dass er stirbt, dass ich ihn auf eine Weise töte, die ich nicht verstehen kann, dass mein Leben leer und dunkel wäre, wenn er sterben würde, wäre es dennoch unendlich süß Er stirbt in meinen Armen, braucht mich immer noch, will mich immer noch. Nachdem ich das nun geschrieben habe – wie hätte ich es schreiben können? – werde ich in aller Schamlosigkeit noch mehr schreiben. Ich möchte, dass er *sagt*, dass er mich braucht und mich will – dass er mich braucht und mich bis zum Ende seines Lebens will.

„Da ich so viel geschrieben habe, werde ich den Rest schreiben, sonst platzt mir das Herz. Ich liebe diesen Mann. Ich liebe ihn von ganzem Herzen, von ganzer Seele. Ich liebe ihn für alles, was er ist, nicht für alles, was er getan hat. Er ist der einzige Mann , den der große Gott in seiner grausamen Weisheit und gnadenlosen Vorsehung in mein Leben gesandt hat, damit ich ihn liebe. Und während meine Tränen diese Seiten benetzen und meine Seele Gebete für seine Genesung und seine Übergabe an mich atmet, gelobe und weihe ich mich ihm bis zum Ende meiner Tage, was auch immer kommen mag. Mit jedem guten Impuls in mir werde ich danach streben, eines so großen Herzens, einer so edlen Liebe würdig zu sein. Ich werde versuchen, seine Liebe zu gewinnen, indem ich sie verdiene ...

„Eine unerwartete Veränderung zum Besseren ist eingetreten. Unser Nahrungsvorrat war so zur Neige gegangen, dass ich gerade beschlossen hatte, die Sache selbst in die Hand zu nehmen, die verbotene Kammer zu betreten und mehr Proviant zu besorgen, als mir eine andere Idee kam. Es war unbedingt notwendig, dass wir mehr Essen hatten. Wichtiger als das war die offensichtliche Tatsache, dass er dafür sterben würde, dass er es brauchte, wenn es nicht käme. Ich fürchtete die störende Wirkung meines Betretens der verbotenen Kammer und beschloss daher, zunächst die Hütte gründlich zu durchsuchen. Da ich seine unerklärliche Eigenart in Bezug auf unser Essen kannte, vermutete ich, dass er irgendwann während seiner Gedankenwanderung etwas davon in der Hütte versteckt haben könnte. Heute Morgen, noch vor Tagesanbruch, während er schlief – er schläft unglaublich leicht –, durchsuchte ich vorsichtig die Hütte und fand glücklicherweise ein paar nahrhafte Dinge auf dem Boden einer Kiste, wo er sie entweder versteckt oder zurückgelassen hatte Vergessene. Diese habe ich auf höchst verlockende Weise für ihn zubereitet. Ich arrangierte meine eigenen Gerichte so, dass er glaubte, ich hätte selbst reichlich gegessen, und sagte es ihm, als er aufwachte und sich weigerte zu essen, und drängte mich, das zu essen, was ich für ihn zubereitet hatte.

„Als ich ihn davon überzeugt hatte, dass ich alles gegessen hatte, was ich konnte, nahm er behutsam ein wenig von meiner Hand. Ich hatte meine Pläne gut geplant. Während ich ihn fütterte , redete ich ununterbrochen und erzählte ihm eine Geschichte, von der ich wusste, dass sie ihn interessieren würde. Bevor ihm klar wurde, was er tat – sein Geist war nicht so wach wie sonst –, hatte er einigermaßen großzügig gegessen. Der Effekt war magisch. Seine Wangen wurden rot und seine Augen glitzerten still und alt. Es dauerte nicht lange, bis er zu meiner großen Überraschung und Freude aufstand und hinausging, um zu sehen, dass wir abreisen würden. Er kam mit strahlendem Gesicht und fröhlicher Art zurück und sagte:

„‚Mein Freund, wir fangen morgen bei Sonnenaufgang an.‘

„Mein Herz hat einen großen Sprung gemacht. Die Vorbereitungen waren einfach, da wir so leicht wie möglich reisen mussten. Es ist Zeit, dass wir aufbrechen, denn das letzte Essen, das er von hinten mitgebracht hat, ist aufgebraucht ...

„Der Morgen ist gekommen. Und jetzt sind wir dabei, diesem seltsamen Ort des Leids und der Geheimnisse den Rücken zu kehren, sein Leid hat er ertragen, sein Geheimnis ist ungelöst. Und ohne Scham sage ich, dass ich lieber so hinausgehen und mich den Gefahren stellen würde, die vor mir liegen, mit diesem Mann als meinem Führer, meinem Beschützer, meinem Freund, als in all der Pracht und dem Triumph hinauszugehen, die sich Reichtum leisten kann.

„Leb wohl, liebes, liebes kleines Zuhause, meine Zuflucht, meine Wiege, meine Hoffnung. Ich werde zurückkommen und –

„Er ruft mich an der Tür. Ich muss diesen Tisch, diese Stühle, dieses Bett, die Wände küssen. Aber mit Ihm gehe ich." So endete das Tagebuch der Dame.

KAPITEL DREIZEHN

Die beiden starteten tapfer in der schönen Morgensonne. Es lagen lange und mühsame Meilen vor uns und nur ein kurzer Tag, um sie und ihre Schwierigkeiten zu überwinden. In seinem Herzen glaubte der junge Mann, dass es für sie unmöglich sein würde, die Aufgabe an diesem Tag zu bewältigen, und er fürchtete sich vor der heimeligen Nacht, die sie überfallen würde. Sollte er jedoch zusammenbrechen, hätte die Arbeit des Tages seinen Begleiter allein für den Rest der Reise abgehärtet. Es bestand die Möglichkeit, dass sie unterwegs Hilfe finden würden, denn es würden sicherlich Anstrengungen unternommen werden, die Straßen freizumachen. An allen exponierten Stellen war der Schnee verschwunden.

Sie stiegen den schattigen, rutschigen Pfad hinab zur Straße, und hier stellte er mit Genugtuung fest, dass die Lawine den umgestürzten Baum und das Wrack des Wagens weggeräumt hatte. Er ging voran den Kanon hinauf, denn in dieser Richtung befanden sich die nächsten Häuser.

Er fand die Straße noch schlimmer, als er erwartet hatte. Da es sich um einen schmalen Weg handelte, der in den steilen Hang des Kanons eingeschnitten war, war es eine langsame und mühsame Aufgabe, ihn zu verlassen und umgestürzte Bäume und vom Sturm hinterlassene Lücken zu umgehen, und aus mehreren Gründen war Zeit kostbar. Jeder hatte eine Last zu tragen, er etwas zum Schutz vor der Nacht und sie einige eigene Gegenstände. Diese wurden für beide bald sehr belastend.

Sie trotteten weiter. Während in seinem Benehmen eine gewisse Schwere zum Ausdruck kam, wirkte ihre Haltung fröhlich und temperamentvoll. Eine Traurigkeit, die er nicht zu verbergen versuchte und die sie tapfer verbarg, bedrückte sie beide. Ihn traurig zu finden reichte aus, um ihre Traurigkeit mit Glück zu färben. Sie ruhten sich in kurzen Abständen aus, denn die Anstrengung machte sich bald an ihnen bemerkbar, an ihm aber umso mehr. Sie löschten ihren Durst am Fluss. Für die Frau schien es ein Frühlingsspaziergang durch blühende Felder zu sein, der durch die süße Traurigkeit des Mai gemildert wurde. Für ihn war es eine Aufgabe, die sie Schritt für Schritt dem Ende näher brachte, an dem er ihr den schwersten Schlag ihres Lebens versetzen musste. Denn am Ende erwartete sie Neuigkeiten von ihrem Vater. Sie würde es hören, und zwar von demjenigen, der sie am liebsten verschont hätte. Aber sie dürfte es noch nicht wissen. Für die vor ihr liegende Aufgabe brauchte sie ihre ganze Kraft. Es ist Zeit, Herzen zu brechen, wenn ihr Brechen nicht länger aufgeschoben werden kann.

Er war vorangetrottet. Er musste vermutet haben, dass sie die Mühe beobachtete, mit der er ging, die unkontrollierbare Tendenz seiner Knie, nachzugeben, das Taumeln, das ihn jetzt gegen das Ufer und dann an den äußeren Rand des Gefälles schicken würde; denn sofort forderte er sie auf, voranzugehen. Sie kam nach.

Ihre langsame und mühsame Arbeit machte es ihnen derzeit unmöglich, zu sprechen. Sie gingen schweigend weiter. Nachdem sie einige Stunden so weitergemacht hatten, geschah etwas, das ihre Seele bestürzte. Ihr Begleiter wurde plötzlich gesprächig. Zuerst war er kohärent, obwohl er über Dinge sprach , die ihr völlig fremd waren. Dies zeigte eine alarmierende Unbewusstheit ihrer Anwesenheit. Während er redete, wurde er immer zusammenhangsloser und lachte manchmal sinnlos. Dann sagte er voller Ehrfurcht :

„Sie war die Frau, die ich liebte. Sie ist tot, Jungs, sie ist tot; und bei Gott! Sie haben sie getötet.“

Ihr Geist sank. Nach allem, worauf sie gehofft und gesehnt hatte, waren nun die schrecklichsten Geister der bitteren Vergangenheit zurückgekehrt. Nach all der scheinbaren Überbrückung der Kluft, die sie getrennt hatte, öffnete sie sich nun umso weiter, tiefer und dunkler.

„Wissen Sie, was ein Mörder ist?“ rief er mit lauter Stimme, als er seinen Arm drohend in die Höhe schwang. „Eine Wölfin, das schlaueste und gefährlichste aller Tiere. Sie kommt jammernd und kriecherisch; sie leckt deine Hand; Sie gewinnt dein Vertrauen. Und dann, wenn du sie gewärmt, ihre zerrissene Haut geflickt und ihre gebrochenen Knochen geflickt hast, wendet sie sich gegen dich und reißt dir mit ihren Reißzähnen das Herz heraus.“

Erstickend, ohnmächtig und kaum in der Lage zu stehen, trat die junge Frau beiseite und er ging an ihr vorbei, ohne sie zu sehen.

„Ja“, fuhr er voller Aufregung fort, „ich muss ein Mann sein – immer ein Mann.“ Was! eine Frau töten? Nein nein Nein! Nicht das. Das wäre schrecklich, brutal, feige. Ja, ich muss ein Mann sein. Sie braucht mich; Ich werde ihr helfen. Ist die Tür verschlossen? Sie darf es niemals erfahren – niemals erfahren, solange sie lebt. Ach, das ist schön, wunderbar, wohlschmeckend – ein Fest für Götter und Engel! Ja, ich werde meine Pflicht tun. Sie braucht mich. Sie verachtet mich. Sehr gut; Ich werde meine Pflicht tun. Sie verachtet mein schlechtes Essen – insgeheim, aber ich weiß! Es geht ihr gut. Gott sei Dank dafür! Sie soll so viel essen, wie sie kann. Mich? Nein, nein. Ich will nichts. NEIN; Ich will nichts. Ich habe keinen Hunger!"

Er brach in Gelächter aus, und das Echo davon kam von der gegenüberliegenden Wand des Kanons zurück.

„Oh, meine Liebe, meine Liebe!" rief er und wurde plötzlich traurig. „Wie konntest du mich verstoßen, wenn zwischen uns alles so wahr und vertrauensvoll gewesen war? Aber ich weiß, dass es besser war. Es war nicht richtig, dass ich im Weg stand." Er hielt inne und seine Stimme wurde zu einem ehrfürchtigen Flüstern, als er sagte: „Sie ist tot, Jungs, sie ist tot; und bei Gott! Sie haben sie getötet."

Er ging schnell weiter und murmelte Dinge, die sie nicht hören konnte, die sie nicht hören wollte. In seinem Delirium hatte er kein Wort der Freundlichkeit für sie ausgesprochen, und ihr brach das Herz.

„Wenn alles vorbei ist", sagte er laut, „werde ich zu meinem alten Freund gehen, und er wird mich wieder gesund und stark pflegen, und ich werde den Kampf von neuem beginnen." Ich werde ein Mann sein – immer ein Mann. Ich werde meine Pflicht tun. Und die Wölfin – nein, nein, nein! Sie wird mir nicht mit ihren Klauen und Reißzähnen das Herz herausreißen. NEIN! Es gibt keine Wölfin! Ich sage, es gibt keine Wölfin. NEIN! Sie ist nett zu mir. Ich weiß es, ich weiß es! Sie ist sanft und nachdenklich und selbstlos. Sie ist sehr, sehr schön. Sie wird mich nicht verlassen, oder? Sie lässt mich nicht in Ruhe! Aber sie entmannt mich! Das darf ich ihr nicht erlauben! Ich muss ein Mann sein und meine Pflicht tun. Nein, du darfst meine Schuhe nicht ausziehen. Ich kann das machen. Ich habe keine Schmerzen – überhaupt keine. Ja, ich werde ruhig sein. Deine Stimme ist süß; es ist Musik; es erfüllt mich mit Frieden und Trost; und deine Hand auf meinem Gesicht – wie weich und angenehm es ist! Ich wünschte ich könnte es dir erzählen; aber nein, ich muss meine Pflicht tun; Ich muss ein Mann sein! Ich werde nicht auf deine Stimme hören. Ich werde nicht zulassen, dass du mich berührst. Das würde mich von meiner Pflicht abhalten."

Diese Worte ließen sie von Verzweiflung zu Glückseligkeit führen. Und so hatte er seine Neigungen bekämpft – er brauchte sie, er wollte sie!

Trotzdem machte er weiter. Sie strengte jedes Hörvermögen an, um sein leisestes Wort zu hören. Trotz allem, was er bereits gesagt hatte, konnte sie es ertragen, dass er ihre Anwesenheit vergaß. Sie gingen immer noch weiter, er murmelte und lachte; Aber trotz all seines Wahnsinns war er angesichts der Gefahren und Nöte der Straße weise und vorsichtig. Er beriet sie nicht länger, führte sie, half ihr nicht mehr und zeigte ihr die unzähligen unaufdringlichen Aufmerksamkeiten, an die sie sich gewöhnt hatte.

Schließlich blieb er plötzlich auf einer guten Straße stehen und sah sich verwirrt um .

"Wo ist das?" er flüsterte; dann laut: „Oh, es ist die Spur der Wölfe! Nach ihnen wird die Wölfin kommen und ihre Reißzähne ..." Er ließ sein Paket fallen und umklammerte seine Brust. „Ihre Reißzähne!" Er hat tief eingeatmet. Er sah sich um und hob einen Stock auf, den er wie eine Keule um sich schwang. „Die Wölfin ist da!" er weinte.

Sein Blick fiel auf seinen Begleiter, der in Ehrfurcht, Mitleid und Liebe vor ihm stand. Sofort verhärtete sich eine schreckliche Bösartigkeit in seinem Gesicht, und in seinen Augen leuchtete der Mord, der sie schon einmal erfüllt hatte. Er umklammerte den Stock fester und starrte sie mit einer Mischung aus Entsetzen und Wildheit an. Aber sie blieb standhaft und sagte sanft:

"Mein Freund!"

Sein Gesicht wurde sofort weicher. Sie stand lächelnd da, ihr Blick war streichelnd, ihre ganze Haltung verriet Mitgefühl und Zuneigung.

„Mein lieber Freund", sagte sie mit einer Stimme, deren Sanftheit tief in ihm drinsteckte, „du kennst mich!"

Ein Ausdruck freudiger Anerkennung huschte über sein Gesicht.

"Ich bin so froh!" sagte er atemlos. „Ich dachte, du hättest mich in Ruhe gelassen!"

Als er dies sagte, sank er zu Boden und lächelte sie an, während er fiel.

Sie kniete neben ihm, legte beruhigend eine Hand auf seine Wange und sprach tröstende Worte. Sein Gesicht zeigte die tiefe Befriedigung, die ihn erfüllte, und ihre Seele breitete ihre Flügel im Sonnenschein aus, der den Tag mit seiner Herrlichkeit erfüllte.

Er lag schlaff und hilflos da, aber sie wusste, dass er weitermachen musste, wenn er konnte. Sie streichelte ihn, sie überredete ihn, sie hob ihn in eine sitzende Haltung, sie legte ihre Arme unter seine und hob ihn auf die Füße; aber sein Atem ging kurz und mühsam, sein Kopf rollte lustlos und seine Beine verweigerten ihren Dienst. Dann wurde ihr klar, dass der letzte Rest seiner körperlichen und geistigen Kräfte verschwunden war; und ihr Herz sank bis in die tiefste Tiefe.

„Leg mich hin", sagte er sehr sanft, aber deutlich und mit vollkommener Resignation. „Leg mich hin, mein Freund, und geh alleine weiter. Ich bin sehr müde und muss schlafen. Bleiben Sie auf der Straße. Ich glaube nicht, dass es bis zum nächsten Haus weit ist. Sie werden bestimmt jemanden finden . Sei mutig und mach weiter."

Sie legte ihn hin und wandte sich ab. Ein grausamer Würgegriff hatte ihre Sprachfähigkeit geschwächt. Während ihr so viele Tränen aus den Augen liefen, dass sie halb blind ihrem Vorhaben nachging, suchte sie sich einen trockeneren Platz auf der Straße, sammelte Tannennadeln, die weniger durchnässt waren als die anderen, machte dort ein Bett für ihn und breitete darauf die Decken aus, die er hatte hatte getragen. Als sie ihm erneut ins

Gesicht sah, schlief er leicht und sein Atem verriet große körperliche Beschwerden. Sanft wie eine Mutter ihr schlafendes Kind hochhebt, nahm sie es in die Arme, trug es zum Bett und legte es mit unendlicher Sorgfalt und Zärtlichkeit darauf. Dann formte sie aus einigen Zweigen und Taschentüchern einen Baldachin, der seinen Kopf vor der Sonne schützte. Sie deckte ihn mit einem freien Teil der Decke zu; aber aus Angst, dass es nicht ausreichen würde, zog sie ihren äußeren Rock aus und bedeckte ihn damit; Diese Decken steckte sie um ihn, damit er sie nicht so leicht abwerfen konnte.

Er war durch diese Aufmerksamkeiten nicht aufgeweckt worden. Sie kniete sich neben ihn und küsste sanft seine Hände, seine Wangen, seine Stirn, seine Lippen und wischte ihre fließenden Tränen weg, als sie auf sein Gesicht fielen. Er bewegte sich leicht, öffnete die Augen, sah ihr ins Gesicht und lächelte. Ganz schwach ergriff er ihre Hand, führte sie an seine Lippen, küsste sie, lächelte erneut, schloss die Augen und schlief mit einem Seufzer der Müdigkeit ein. Sie kniete sich hin und beobachtete ihn eine Weile und sah, wie er immer tiefer in den Schlaf versank. Dann stand sie auf. Und nun schenke der große Gott Herz und Kraft für die gewaltige Aufgabe, die vor uns liegt!

Da sie sich nicht traute, auf ihn zurückzublicken, nahm sie all ihren Mut zusammen und machte sich auf den Weg. Sie ging weiter, den Kopf erhoben, die Augen glühend, die Wangen glühend. Eine erdrückende, herzzerreißende Einsamkeit verfolgte sie, verfolgte sie, nagte an ihrem Geist. Mehr als einmal schwankte sie, schwach und zitternd, unter der rückwärtigen Belastung ihres Herzens. Mehr als einmal schrie sie laut: „Ich kann ihn nicht verlassen! Ich kann ihn nicht verlassen! Ich muss zurück!" Und dann nahm sie wieder ihre ganze Kraft zusammen und rief: „Um seinetwillen gehe ich!" Um ihn zu retten, verlasse ich ihn!"

So ging sie, von den kämpfenden Qualen zerrissen , immer weiter. Mit unglaublicher Selbstquälerei stellte sie sich die Gefahren vor, denen sie ihn ausgesetzt hatte. Was hatte er mit den Wölfen gemeint? War von dieser Quelle wirklich eine Gefahr ausgegangen? Oft hatte er im Schlaf in der Hütte und immer dann, wenn seine Gedanken abschweiften, von den Wölfen gesprochen, und immer voller Angst; aber das Schrecklichste von allem war für ihn die Wölfin. Doch während der ganzen Zeit, die sie mit ihm in der Hütte eingesperrt war, hatte es nicht die geringste Spur eines Wolfes gegeben, nicht das entfernteste Heulen eines solchen. Warum war diese Halluzination bei ihm so hartnäckig und für ihn so erschreckend gewesen?

Die Meilen schienen endlos zu sein. Sie hielt ihre Augen und Ohren auf Anzeichen und Geräusche menschlichen Lebens gerichtet. Von Zeit zu Zeit rief sie mit aller Kraft laut, und nachdem sie das Echo ihrer Stimme im

Kanon verklingen hörte, wartete sie atemlos auf eine Antwort, die nie kam. Mit eifriger Eile ging sie weiter. Sie kletterte über umgestürzte Bäume, ging durch Schluchten, die sie nicht überwinden konnte, watete durch schnelle Bäche, mit denen der rasch schmelzende Schnee immer noch die Straße pflügte, und gelangte schließlich in Sichtweite einiger Männer, die die Straße mit Äxten freiräumten und mit Schaufeln ausbesserten . – die rauen, starken, stillen, fähigen Männer der Berge. Sie wedelte hektisch mit ihrem Taschentuch und rief im Gehen. Sie unterbrachen ihre Arbeit und starrten sie in staunendem Schweigen an. Sie sahen, dass sie nicht von ihrer Art war; Aber ihr geschultes Gespür zeigte ihnen, dass die großen Berge ihren schrecklichen Willen auf die Hilflosigkeit der Menschen ausgeübt hatten, und sie waren bereit, die Kraft ihrer Arme und Herzen in den menschlichen Kampf zu stecken.

So unvollkommen gekleidet sie auch war, ihre Form und Haltung erinnerten an eine Prinzessin, ihre Schönheit, verstärkt durch ihre Freude, Hilfe zu finden, strahlend und umwerfend, ihre Verwunderung und Schüchternheit ließen sie gefühllos und äußerlich teilnahmslos erscheinen, und sie warteten schweigend darauf, dass sie sprach. Sie ging direkt auf sie zu und während sie redete, blickte sie einen nach dem anderen an und sagte:

„Werdet ihr mir helfen, Männer? Ich ließ einen Mann erschöpft auf der Straße einige Meilen weiter unten am Kanon zurück. Ich fürchte, er stirbt. Wirst du mitkommen und mir helfen, ihn großzuziehen? Gibt es irgendwo in der Nähe einen Arzt? Gibt es ein Haus, zu dem wir ihn bringen könnten?“

Es herrschte einen Moment der Stille – diese Männer sind langsam, aber dafür umso sicherer.

Einer von ihnen, ein bärtiger, herrschaftlicher Mann mittleren Alters, sagte:

„Ja, wir werden gehen und ihn großziehen. Ein Arzt lebt den Kanon. Vielleicht ist er zu Hause. Der Mann kann nicht laufen?“

"NEIN; er liegt hilflos auf der Straße." Der starke Mann, den die anderen später Samson nannten – einer dieser seltsamen Zufälle von Namen und Charakter –, drehte sich um und suchte sich zwei Männer aus.

„Ihr zwei“, sagte er so leise, als würde er die Straßenarbeiten leiten, „schneidet zwei Stangen ab und macht daraus und einer Decke eine Trage. Geh und bring den Mann hoch. Sie“, sagte er zu einem dritten, „helfen Sie ihnen, die Sänfte zu machen, und helfen Sie bei der Reise.“ Zwei andere wies er an, den Wagen vorzubereiten, der ein kurzes Stück weiter oben an der Straße stand. Einen weiteren schickte er die Straße hinauf, um den Arzt zu rufen. Dann richtete er seine Aufmerksamkeit auf die junge Frau. Ohne sie zu fragen, machte er ein bequemes Nest aus Mänteln und Decken, und als er es so geschickt und schnell fertig hatte, sagte er zu ihr:

„Komm und ruhe dich hier aus."

"NEIN!" sie protestierte vehement; „Ich gehe mit den Männern zurück."

„Du gehst nicht mit den Männern zurück. Wenn Sie das täten, müssten sie zwei anstelle von einem ansprechen. Eins reicht. Machen Sie es sich hier gemütlich; du bist sicher."

Die leichte Zurechtweisung darin und die ruhige Entschlossenheit, mit der der Mann sprach, machten ihr klar, dass sie ihre quälende Angst und Ungeduld zur Vernunft bringen musste. Sie gehorchte ihm mit der größtmöglichen Anmut, die sie finden konnte.

Wieder ohne sie zu fragen, brachte er heißen Kaffee, goss ihn in eine Blechtasse und hielt sie ihr hin.

„Trink das", sagte er.

Sie hat es getrunken. Dann holte er etwas Brot hervor, das er in Scheiben schnitt und mit Butter bestrich.

„Iss das", sagte er.

Sie gehorchte. Dabei beobachtete sie, wie die Männer die Sänfte herstellten, und staunte über die Geschicklichkeit, mit der sie arbeiteten, und über die Schnelligkeit, mit der die Aufgabe erledigt wurde, scheinbar ohne die geringste Anstrengung oder Eile. Dann gingen die drei Männer schweigend die Straße hinunter.

Der Mann namens Samson, obwohl er offenbar seinem schönen Gast keinerlei Aufmerksamkeit schenkte, stand vor ihr, als sie das Brot und die Butter aufgegessen hatte. Er trug einige Dinge in seinen Armen und warf sie ihr zu Füßen.

„Zieh deine Schuhe und Strümpfe aus", sagte er, „und zieh diese Socken an; sie sind dick und warm. Ziehen Sie alle anderen nassen Sachen aus und wickeln Sie sich in diese Decken ein. Wenn der Müll kommt, werden Ihre Sachen in der Sonne trocken sein."

KAPITEL VIERZEHN

Die drei verbliebenen Männer machten sich an die Arbeit, die Straße freizumachen, angeführt von Samson. Er hatte ihr keine Fragen gestellt; er blickte nicht einmal wieder in ihre Richtung; Doch bald darauf brachte er ihr Kleider, die er ausgebreitet und in der Sonne getrocknet hatte, und sagte ihr, dass die Sänfte da sein würden, wenn sie angezogen sei. Das fand sie so.

Als sie auf einem kräftigen Pferd die Straße entlangkam, sah sie einen bärtigen, geröteten, stämmigen Mann mittleren Alters, dessen Geschäft sie anhand der Satteltaschen des Landarztes, die über seinem Pferd hingen, leicht erraten konnte. Der Arzt kam herbei und begrüßte:

„Hallo, Samson! Mann verletzt?"

„Weiß nicht", antwortete der Vorarbeiter.

Dann fügte er mit einer Daumenbewegung in Richtung seines Gastes hinzu: „Sie kann es Ihnen sagen."

Der Arzt hatte sie nicht gesehen. Er schaute sich um, blickte sie einen Moment voller Erstaunen an, und dann lüftete er mit einer feinen Höflichkeit, die sich deutlich von der herzlichen Rauheit unterschied, mit der er den Mann begrüßt hatte, seinen Hut.

Diese Ablenkung hatte die Aufmerksamkeit der beiden von der stillen Ankunft der Männer mit der Sänfte abgelenkt. Als die junge Frau es sah, vergaß sie die Anwesenheit aller außer ihm, der so still dalag, wo die Männer ihn auf ein Bett gelegt hatten, das Simson aus Mänteln gemacht hatte. Sie lief und kniete neben ihm nieder; sie küsste seine Wangen; sie rieb seine Hände auf; Sie flehte ihn an, zu sprechen und für sie zu leben.

Die starke Hand des Arztes hob sie von dem bewusstlosen Mann hoch und legte sie sanft beiseite. Ein kurzer, erstaunter Blick in das blasse, nach oben gerichtete Gesicht löste beim Arzt diesen Ausbruch aus:

„Adrian Wilder – im Sterben!" Er wandte sich besorgt der jungen Frau zu und fragte: „Wo hast du ihn gefunden? Was ist hier los?"

„Du irrst dich", sagte sie bestimmt. „Er ist Dr. Malbone ."

"DR. Malbone !" er rief aus. „Nun, ich bin Dr. Malbone . Dieser Mann ist mein Freund, Adrian Wilder!"

Sein Blick war halb grimmig und voller Misstrauen.

Sie war zu überrascht, um die volle Bedeutung seiner Erklärung sofort zu verstehen, und starrte den Arzt schweigend an. Dieser Herr wandte sich von ihr ab, fiel auf die Knie und untersuchte eilig den bewusstlosen Mann. „Ich verstehe das nicht", sagte er sich. Er öffnete schnell Wilders Hemd. Als er die Abmagerung dort sah und vor Erstaunen und Entsetzen ausrief, wandte er sich wieder der jungen Frau zu, als er niederkniete, und forderte:

„Erklär mir das. Seien Sie schnell, denn jeder Moment ist kostbar. Ich möchte keinen Fehler machen und muss es wissen. Er hat eine Lungenentzündung; aber es steckt etwas dahinter. Wo und wann haben Sie ihn gefunden?"

In wenigen Worten erzählte sie die wichtigsten Fakten der Geschichte, wie sie sie glaubte : das Weglaufen der Pferde, den Bruch ihres Beins, die Abreise ihres Vaters, um Erleichterung zu holen, ihre Fürsorge in der Steinhütte.

„Wann ist Ihnen dieser Unfall passiert?" fragte der Arzt.

"Vor vier Monaten."

„Und ihr zwei habt allein in seiner Hütte gelebt?"

"Ja."

Er musterte sie von oben bis unten und wirkte verwirrter als je zuvor.

„Du siehst herzhaft aus", sagte er; „Wie kommt es, dass mein Freund in diesem Zustand ist?"

„Es muss seine Sorge um mich und seine Sorge um mich gewesen sein."

Dies schien Dr. Mal-Bone halb zu befriedigen.

„Ja", sagte er, „da er kein Arzt ist und dem Druck seiner Pflichten Ihnen gegenüber äußerst anfällig ist, hat er sich möglicherweise erschöpft."

Damit gab er dem jungen Mann hastig ein Aufputschmittel und sagte:

„Kommt her, Männer, und helft mir, ihn wiederzubeleben, sonst ist er tot, bevor wir es merken. Seine Handgelenke und Knöchel aufscheuern. Beeilt euch, Männer, aber seid sanft. Das ist gut. Langsam, John; Deine geilen Hände sind stark und rau. Samson, bring starken Kaffee, so schnell Gott es dir erlaubt. Reibt ihn unter der Decke, Männer; lass ihn nicht ausruhen. Vielleicht können wir ihn aus dieser Klemme befreien. Das Tolle ist jetzt, ihn zu mir nach Hause zu bringen ... Ah, das ist gute Arbeit, Jungs! Sein Herz erwacht ein wenig. Das ist gut. Das ist sehr gut."

Dr. Malbone richtete sich auf und wandte sich der jungen Frau zu, wobei er ihr erneut den seltsamen, strengen, misstrauischen, halb bedrohlichen Blick zuwarf, den sie bereits zu fürchten gelernt hatte.

„Ich fürchte, hier ist etwas Unerklärtes, etwas Verborgenes, meine Dame. Ich beschuldige Sie nicht. Mein Freund ist ein seltsamer, feiner Mann, und aus guten Gründen hat er Ihnen möglicherweise etwas vorenthalten. Aber er würde mir nie etwas verheimlichen. Hat er dir für irgendjemanden einen Brief gegeben?"

"Er hat nicht."

„Hast du ihn schreiben sehen?"

"NEIN."

„Martin, gib mir seinen Mantel."

Dr. Malbone durchsuchte die Taschen und fand einen versiegelten, an ihn adressierten Brief. Er riss es auf und las. Während er las, wuchs sein Erstaunen. Als er fertig war, warf er der jungen Frau einen seltsamen, mitleidigen Blick zu.

„Er beauftragt mich, Ihnen dies zu geben, wenn ich es gelesen habe."

Er reichte ihr den Brief, den sie las. Es lief so:

„Mein lieber Freund, – dies wurde geschrieben, um Miss Andros einige unglückliche Informationen zu geben, die sie zum frühestmöglichen sicheren und richtigen Zeitpunkt erhalten sollte, und als Vorsichtsmaßnahme, damit ich nicht vor diesem Zeitpunkt zusammenbreche. Hätte ich es ihr zuerst gesagt, hätte sie vielleicht ihre Genesung verhindern können. Der richtige Moment, es ihr zu sagen, wird gekommen sein, wenn sie in sicheren Händen ist. Ich vertraue darauf, dass sie Ihnen gehören, und ich weiß, dass Sie ihr jede Freundlichkeit erweisen werden, die Ihre großzügige Seele erweisen kann.

„Es ist Folgendes: Ihr Vater kam bei dem Unfall auf der Steigung ums Leben, als ein Baum auf ihn fiel. Sein Körper ruht unter der Erde am anderen Ende der Höhle, in die sich die Hintertür meiner Kabine öffnet. Das Grab ist mit einer Tafel mit seinem Namen gekennzeichnet. In einer Kiste neben der Tür sind seine persönlichen Gegenstände festgenagelt.

„Gib diesen Brief meinem leidenden Freund. Es wird keinen Hinweis auf das tiefe Mitgefühl geben, das ich empfinde, noch darauf, was ich leide, wenn ich meine Hand erhebe, um ihr einen so grausamen Schlag zu versetzen.

„Ich kann sie nur um Verzeihung bitten, weil ich sie sowohl über den Tod ihres Vaters als auch darüber, dass ich Arzt bin, getäuscht habe."

Die sehnsüchtige Hoffnung, die Angst, die völlige Versunkenheit in dem geschlagenen Mann zu ihren Füßen flohen vor dem erdrückenden Wirbelsturm der Trauer, der sie nun überwältigte. Der Verlust ihres Vaters war der Verlust des Ankers ihres Lebens, der Verlust der einzigen sicheren Sache, auf der ihre Seele ruhte, in der sie Frieden, Sicherheit, Mitgefühl und Stärke kannte. Sie sprach kein Wort, sondern blickte weit in den Kanon hinein, ein Bild völliger Trostlosigkeit. Dr. Malbone stand neben ihr und blickte nachdenklich in das Gesicht seines Freundes. Die Männer waren von ihrer Arbeit befreit, einen schwachen Schein des flackernden Lebens auf dem Boden zurückzubringen, und entfernten sich schweigend, mit der instinktiven Zartheit ihrer Art, wohlwissend, dass ihnen eine Tragödie bevorstand, die sie nicht verstanden.

Der Brief fiel der jungen Frau aus der Hand, während sie noch immer in stummer Qual auf den Kanon blickte. Ein leichtes Schwanken ihrer Gestalt warnte Dr. Malbone , dass seine Zeit zum Handeln gekommen war.

„Uns bleibt noch ein edles Leben", sagte er ruhig, ohne aufzusehen und mit einer gewissen Unsicherheit in seiner Stimme; „Und es appelliert an uns für alles, was wir an Hilfe, Kraft und Mitgefühl zu geben haben."

Es war ein rechtzeitiges Wort. Sofort befreite sie sich aus dem erdrückenden Tumult, in den sie geraten war.

„Ja", sagte sie strahlend vor Liebe und überragte das Wrack, das sie umgab, „das edelste aller Leben bleibt uns noch, und es wird alles zu geben haben, was in uns liegt."

„Dann", sagte Dr. Malbone , „ist Zeit sehr kostbar." Bringen wir ihn sofort zu mir nach Hause."

Die Sonne war hinter den westlichen Bergen untergegangen, aber sie tauchte den schneebedeckten Gipfel des Mount Shasta immer noch in ein purpurrotes Leuchten.

„Schicken Sie die Pferde durch", sagte Dr. Malbone zu dem Mann, der fuhr.

Sie kamen mit gutem Tempo die Steigung hinauf, während Dr. Malbone schweigend über ein Problem nachdachte, das ihm immer noch große Sorgen bereitete, und die junge Frau, die auf dem Boden des Wagens saß und die Hand des bewusstlosen Mannes hielt. Bald erreichten sie Dr. Malbones Haus, wo seine schlichte, heimelige Frau, eine kompetente Bergfrau, die Patientin schnell ins Bett brachte, während ihr Mann sich gründlich mit der Behandlung befasste. Er war ein launenhafter Geist, das Gegenteil der sanften Seele, die nun unter seinen Händen zu sterben schien.

„Ich kann absolut nichts finden", rief er schließlich verzweifelt aus, „außer einfacher Geisteslosigkeit als wahrscheinliche Ursache und Komplikation dieses Angriffs, und ich weiß, dass es absurd ist." Sie müssen mir helfen, Madam. Erzähl mir, wie du gelebt hast."

Es bedurfte zahlreicher scharfer Fragen, bis er endlich auf die Spur der Wahrheit kam. Sie hatte es versäumt, mitzuteilen, dass Wilder nicht mit ihr gegessen hatte und dass er bis zuletzt geizig mit dem Essen umgegangen sei, weil sie befürchtete, dass es wie ein Vorwurf klingen würde. In dem Moment, als sie es erwähnte, war Dr. Mal-bone wie verwandelt. Er sprang vom Bett zurück und konfrontierte sie bedrohlich und furchteinflößend, so wie Wilder sie an jenem schrecklichen Tag konfrontiert hatte, als sie ihm die Geschichte erzählte, wie sie die Bindung zwischen einem Musiker und ihrer Freundin auflöste und wie das Mädchen an einer Krankheit starb gebrochenes Herz. Was hatte sie getan oder gesagt, was diesen zweiten Sturm der männlichen Wut über sie heraufbeschwören sollte?

„Und Sie glauben zweifellos“, rief Dr. Malbone , „dass Sie aus seinem Brief den wahren Grund erfahren haben, warum er Sie von der Höhle ferngehalten hat.“ Gibt es in dieser weiten Welt irgendein menschliches Wesen, das so von Egoismus besessen ist, dass es nicht in der Lage ist, seinen Schweinesinn nach der Wahrheit durchzugraben? Kommen Sie und schauen Sie sich das an.“ Er zerrte sie ans Bett und zeigte ihr den Körper seines Patienten. „Gibt es unter dem Himmel“, fuhr er fort, „ein geistiges oder spirituelles Auge, das so geblendet ist von brutalem Egoismus, so betrunken von Eigennutz, dass es die Geschichte nicht lesen kann, die dieser arme, verwelkte Körper groß schreibt?“ Verstehen Sie nicht, dass er in diesen Taten – über die Sie zweifellos in Ihrem leeren Herzen gejammert und geklagt haben – ein erhabenes Opfer für Sie bezeugt hat? Schauen Sie sich Ihr eigenes üppiges Fleisch an. In der Hütte musste man nie hungern. Sie haben sich nie gefragt, ob er während des langen Winters genug Futter für zwei Personen haben könnte. Und jetzt siehst du, dass er sich selbst verweigert hat, um dich zu trösten. Er stirbt vor Hunger, weil er in seiner großartigen Selbstlosigkeit wollte, dass es dir gut geht.“

Dr. Malbone hielt inne, aber sein Blick strahlte immer noch auf sie und sein Körper zitterte vor Leidenschaft, die ihn bewegte.

„Eine Bedrängnis ist über dich gekommen; Mögen Sie Kraft und Gnade haben, es zu ertragen; aber ich sage dies: Wenn zehntausend solcher Leiden dich überfallen hätten, wäre das Leiden darunter nicht ausreichend –“

Plötzlich hielt er sich zurück und gab seiner Frau hastig Anweisungen für die Zubereitung einiger Nahrungsmittel. Während dieser sich vorbereitete, griff er zu so energischen Maßnahmen, wie es die Dringlichkeit des Falles erforderte. All dies brachte ihn schnell zur Selbstbeherrschung und er arbeitete mit der sicheren Hand eines geschickten Mannes, der mit aller Kraft in einer verzweifelten Notlage kämpfte. Die junge Frau war auf einen Stuhl gesunken, wo sie benommen, schwach, krank und ignoriert saß, nicht wagte, Hilfe anzubieten und stumm darum betete, dass sich ein riesiger Abgrund öffnete, um sie zu begraben.

Der Patient erholte sich unter der Behandlung des Arztes. Langsam, aber mit spürbarer Wirkung, zog Dr. Malbone ihn ein Stück weit vom Rande des Todes weg. Der Kittel des Arztes war ausgezogen, aber Schweiß lief ihm über das Gesicht. Seine Frau – still, intelligent und wachsam – gab ihm jede Hilfe, die er brauchte, und keiner von ihnen blickte zu der leidenden Frau, die niedergeschlagen und elend auf dem Stuhl saß. So verging die Zeit, bis sich die starke Angst im Gesicht des Arztes zu entspannen begann; und schließlich ließ er sich mit einem Seufzer müde auf einen Stuhl sinken und bemerkte zu seiner Frau:

„Es gibt vorerst nichts mehr zu tun. Er sammelt. Gib ihm Zeit. Die Chancen gegen ihn stehen hundert zu eins."

Er legte seinen Kopf auf die Stuhllehne und schloss die Augen, während seine Frau in einen anderen Teil des Hauses ging, um ihren Pflichten nachzukommen. Bald hob er den Kopf und sagte in seiner alten freundlichen Art zu der jungen Frau:

„Es tut mir leid, wie ich gerade gesprochen habe, und ich bitte Sie, mir zu verzeihen. Sie werden meinen Ausbruch verstehen und eher geneigt sein, mir zu vergeben, wenn ich Ihnen etwas aus dem Leben meines armen Freundes erzähle; denn ich bin sicher, dass er dir nichts gesagt hat. Hat er?"

„Nein", antwortete sie schwach und demütig.

„Er hat in der Vergangenheit so grausames Unrecht erlitten, dass es mich wahnsinnig macht, wenn ich auch nur die geringste Möglichkeit sehe, seine edle Selbstlosigkeit aufzudrängen. Ich hätte dir keine Vorwürfe machen sollen. Du warst dir nicht bewusst, ihn aufzudrängen. Ich glaube, dass er im Sterben liegt. Wenn ja, kann es nicht schaden, wenn ich Ihnen seine Geschichte erzähle. Wenn er lebt, kann ich es dir anvertrauen.

„Ich kannte ihn in San Francisco, kam aber lange vor ihm in diese Berge. Es ist noch keine zwei Jahre her, dass er zu mir kam, und man kann sich gar nicht vorstellen, welchen Schock sein Zustand bei mir auslöste. Nach einer Weile erzählte er mir von seinem Problem, wie er es verstand. Es war folgendes: Indem er einer jungen Dame von Reichtum und großem Charakter Geigenunterricht gab, entwickelte er eine tiefe Bindung zu ihr, und im Gegenzug schenkte sie ihm ihre ganze Zuneigung. Sie war bereit und bestrebt, ihn zu heiraten, obwohl sie wusste, dass ihre Eltern und Freunde sie verstoßen würden, wenn sie es täte. Aus purer Selbstlosigkeit zögerte er, ihr irgendeinen Kummer zu bereiten, den ihre Ehe verursachen könnte. Der arme Narr konnte nicht verstehen, dass sie für ihn gerne alles im Leben aufgegeben hätte. Er wurde abberufen, um einen lukrativen Auftrag zu erfüllen, und in seiner Abwesenheit änderte sich ihr Herz zu ihm. Bald darauf starb sie. Als er zu mir kam, war er geistig und körperlich gebrochen, und es war mir eine Ehre, ihn in ein züchtiges und edleres Leben zu führen. Er und ich bauten die Hütte, und dort sollte er den Winter in unermüdlichem Lernen und Selbstbeherrschung verbringen.

„Das war die Geschichte, wie er sie mir erzählte und wie er sie glaubte. Aber ich sah, dass etwas dahinter steckte, was er in seiner Freundlichkeit und Großzügigkeit nie geahnt hätte. Ich selbst habe die Wahrheit erfahren. Anhand einiger Briefe, die ich an eine Freundin in San Francisco richtete, fand ich heraus, dass eine alte Schulfreundin des Mädchens den Ärger verursacht hatte. Es handelte sich um eine böswillige Rache. Das Mädchen, das meine Freundin liebte, hatte unschuldig und unbewusst die Liebe eines Mannes erhalten, der ihr egal war, da ihre ganze Zuneigung meiner Freundin galt. Dieser Mann war sehr reich und wurde aus diesem und anderen Gründen als Preis angesehen. Es scheint, dass er, bevor er sein Herz an dieses bezaubernde Mädchen verlor, ihrer alten Schulfreundin, einer schönen und schneidigen Schönheit, ergeben gewesen war, die erwartete, ihn zu heiraten. Als sie feststellte, dass sie ihn verloren hatte, plante sie Rache. Sie war völlig herz- und prinzipienlos. Also nutzte sie das Vertrauen ihrer alten Schulkameradin und nutzte diese Freundschaft, um die Liebenden mit Lügen und List zu trennen. Es gelang ihr. Das Mädchen starb an gebrochenem Herzen und das Leben meiner Freundin war ruiniert.“

Ein Ausdruck unbeschreiblichen Entsetzens breitete sich auf dem Gesicht der jungen Frau aus, und sie saß aufrecht und starr da und starrte ihn hilflos an.

„Ich habe ihm nie erzählt, was ich gelernt habe“, fuhr der Arzt fort. „Es hätte ihm das Herz brechen können, und er hatte genug gelitten. Ich wollte nicht, dass er erfuhr, dass Bosheit, Rache und Mord eine Rolle in seiner Geschichte gespielt hatten.“

Das Gesicht der jungen Frau hatte einen so einzigartigen Ausdruck, dass der Arzt erstaunt war . Sie war weiß und tiefe und ungewohnte Falten beeinträchtigten ihre Schönheit.

„Er kennt die ganze Wahrheit“, sagte sie leise und mit seltsamer Härte. „Er weiß, dass ich die Frau bin, die ihre Trennung herbeigeführt hat. Er hat es vor langer Zeit in seiner Kabine von mir gelernt.“ Was Dr. Malbone unter dem Ansporn des Schreckens und der Verwunderung, die ihn erfüllten, hätte tun können, wurde durch einen heftigen Hustenanfall, den sein Patient befallen hatte, gehemmt. Die Ausbildung seines Arztes schickte ihn sofort ans Krankenbett.

„Hilf mir hier!“ er weinte, als er den Leidenden aufrichtete.

Die junge Frau taumelte zum Bett. Dr. Malbone warf ihr einen bösen Blick zu, aber sie beachtete ihn nicht. Er hob seine Hand, um sie zurückzustoßen, aber sie ergriff sie und sagte ruhig und bestimmt:

"Ich werde dir helfen."

Er gab nach und sagte ihr, was sie tun sollte, und sie tat es.

Der Husten wurde gestoppt und der Patient auf das Kissen zurückgelegt. Seine Augen waren geöffnet und er blickte von einem der Beobachter zum anderen, die auf gegenüberliegenden Seiten des Bettes standen. Zuerst war er verwirrt, dann erhellte ein strahlender Ausdruck des Erkennens sein Gesicht . Er lächelte, als er jedem seine schwache Hand reichte.

„Du bist in Sicherheit“, sagte er schwach zu der jungen Frau. "Ich bin froh. Dr. Mal-bone wird freundlich zu Ihnen sein.“ Zum Arzt sagte er mit vor Zuneigung zitternder Stimme: „Mein lieber alter Freund, immer treu, immer freundlich.“

Er wollte noch mehr sagen, aber Dr. Mal-bone überprüfte ihn und gab ihm etwas, um ihn zu stärken. Er nahm es, schüttelte den Kopf und lächelte traurig. Plötzlich, als seine Augen heller wurden, sagte Dr. Malbone sagte,-

„Sie können jetzt sprechen, Adrian, wenn Sie möchten.“

Die junge Frau hatte sich niedergekniet, nahm die Hand des Leidenden in ihre beiden und neigte ihren Kopf darüber, während sie ihn an ihre Lippen drückte.

„Schau mich an“, sagte er zu ihr.

Sie hob den Kopf und sie sahen sich lange und schweigend an. Er wirkte besorgt und ängstlich.

„Mein armer Freund“, sagte er, „du hast es noch nicht gelernt. Dr. Malbone – ein Brief – meine Tasche.“

„Ich habe den Brief gelesen, mein Freund“, beeilte sie sich zu sagen. „Ich weiß alles über meinen Vater und ich weiß, wie rücksichtsvoll und freundlich Sie waren, es mir nicht zu sagen.“

„Dann vergibst du mir?“ er bat.

„Dir verzeihen, mein Freund? Ja, tausendmal; aber wie kann man verzeihen –“

Sie vergrub ihr Gesicht in seinem Kissen; ihr Arm schlang sich um ihn und sie zog ihn an ihre Brust.

„Das habe ich schon vor langer Zeit getan“, antwortete er.

„Mein edler, großzügiger Freund!" Sie sagte. „Aber kannst du verstehen, was du für mich warst, was du für mich getan hast, was du für mich bist? Kannst du glauben, dass du aus mir eine wahre Frau gemacht hast? Bin ich immer noch die Wölfin, mein Freund?"

Ein höchster Schmerz bewegte sie bei diesem Aufruf. Er versuchte schwach, sie mit seiner Hand zurückzuhalten, aber sie schmiegte ihre Wange eng an seine und flehte:

„Verstehst du, dass du mich jeder Achtung würdig gemacht hast, die ein so edler Mann einer Frau entgegenbringen kann? Kannst du glauben, Freund meines Lebens, dass du mich zu einer Frau gemacht hast, die in deinen Augen perfekt wäre?"

Er antwortete nicht, und während sie ihn immer noch in ihren Armen hielt, hob sie den Kopf, um ihm ins Gesicht zu schauen. Er betrachtete sie mit einer seltsamen und fernen Wehmut, und in seinen Augen leuchtete ein blasses, fernes Licht, das sich über den unendlichen Raum erstreckte. Ein schwaches Lächeln spielte auf seinen Lippen, der schwache Druck seiner Hand schloss sich auf ihre.

„Du wirst mich nicht verlassen, oder?" sie flehte. „Du wirst wieder gesund werden, mein Freund. Du wirst mich lehren, du wirst mich führen. Die Welt wird hell und schön sein, denn all unser Leid wurde ertragen. Wir gehören einander an, mein Freund, in Freundschaft, Vertrauen und Mitgefühl."

Noch immer lächelte er, als er ihr ins Gesicht sah; Und als er lächelte und sie das seltsame, ferne Licht sah, das aus so unvorstellbarer Entfernung in den schrecklichen Tiefen seiner Augen schien, fand ihr eifriges Herz eine Brücke aus Glas, die die Kluft zwischen ihnen überspannte. Dann seufzte er tief und seine Augen verdrehten sich nach oben. Sie sprang vom Bett auf.

"DR. Malbone !" Sie schrie mit unterdrückter Stimme: „Schnell! er ist ohnmächtig geworden!"

Der Arzt, der ein wenig zur Seite getreten war, trat vor und blickte in das reglose Gesicht seines Freundes. Dann blickte er zu der jungen Frau auf, die vor eifriger Ungeduld zitterte.

„Es gibt nichts zu tun", antwortete Dr. Malbone traurig ; Dann ging er um das Bett herum, nahm die junge Frau sanft am Arm und sagte mit freundlicher Stimme: „Komm mit mir."

Sie ging mit ihm, wunderte sich und schaute über ihre Schulter zum Bett. Er führte sie in ein Nebenzimmer, schloss die Tür und stellte einen Stuhl für sie auf.

„Nein, Dr. Malbone !" sie protestierte. „Wie kann ich, wenn er uns beide so sehr braucht? Beeil dich zu ihm zurück; Ich bleibe hier, wenn du möchtest."

„Nein", antwortete der Arzt; „Mein Platz ist hier."

Ein Ausdruck verzweifelter Begierde breitete sich auf ihrem Gesicht aus und sie lauschte aufmerksam auf ein Geräusch aus dem anderen Raum. Der Arzt betrachtete sie mitleidig, während sie vor Ungeduld und Besorgnis zitternd dastand. Da sie sich nicht länger beherrschen konnte, packte sie ihn am Arm und rief:

"DR. Malbone , du weißt es am besten, aber ich kann es nicht ertragen, ihn zu verlassen! Weißt du, dass ich Angst habe, dass er sterben wird? Er bedeutet mir alles und ich kann es nicht ertragen, ihn gehen zu lassen. Verstehst du das? Ich möchte, dass er lebt. Ich möchte ihm zeigen, was das Vertrauen und die Liebe einer guten Frau bedeuten können. Ich möchte mein ganzes Leben seinem Glück widmen. Ich möchte für all das Böse und Leid büßen, das ich über ihn gebracht habe. Ich möchte, dass er weiß, dass er endlich Frieden und Zuflucht gefunden hat. Dr. Malbone , gehen Sie und retten Sie ihn!"

Dr. Malbone nahm ihre Hände in seine und sagte:

„Wirst du versuchen zu verstehen, was ich sagen werde?"

"Ja ja!" Sie antwortete.

„Dann befehle die ganze Kraft deiner Seele."

"DR. Malbone !" Sie schnappte nach Luft, blickte ihm in die Augen und ihr Gesicht wurde bleich.

Mit Mitleid und Zärtlichkeit sagte der Arzt:

„Unser Freund ist tot; er ist in deinen Armen gestorben."

DAS ENDE.